W0412791

edition*fünf*

Eine Tiergeschichte

Mit Illustrationen
von Kathleen Bernsdorf

Ollis Fest

Karen Nölle

editionfünf

1. Auflage
Originalausgabe 2019

© 2019 edition*fünf*

Verlag Silke Weniger, Gräfelfing / Hamburg
im Vertrieb bei Edition Nautilus, Hamburg

Alle Rechte vorbehalten

Cover, Layout und Illustrationen: Kathleen Bernsdorf
Satz und Herstellung: Kathleen Bernsdorf
Schrift: Dolly
Druck und Bindung: Friedrich Pustet, Regensburg
Printed in Germany

ISBN 978-3-9820692-1-0

www.editionfuenf.de

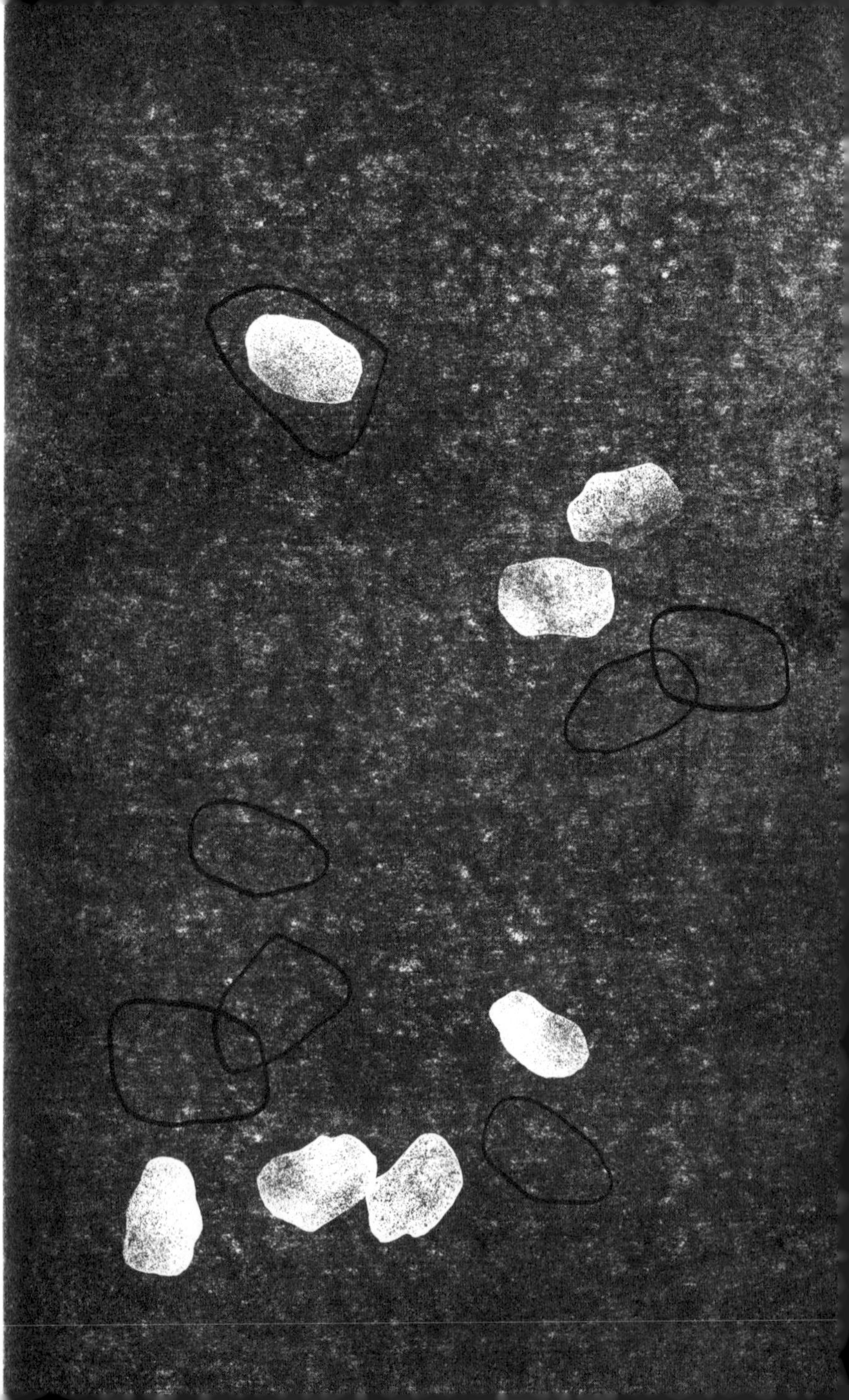

Bald

Olli liegt in einer Mulde und schläft. Um sie herum säuselt der Wind durch die Dünen, er legt das lange Gras in Wellen und raschelt in den Runzelrosen. Nur in der Mulde ist es still. Friedlich geht Ollis Atem ein und aus, ein und aus, mit einem leisen Schnaufen bei aus. Und manchmal, wenn sie im Traum ein besonders saftiges Kraut findet, schmatzt sie ein bisschen im Schlaf. Denn Olli ist ein Schaf, sie ist kein kleines Lamm mehr, sondern ein beinahe ausgewachsenes Schaf. Ostern ist sie ein Jahr alt geworden.

Die Nacht ist finster, aber Olli ist nicht allein. Ganz in ihrer Nähe liegen Elvira und Gabi. Jede für sich in den Sand gekuschelt, schnurcheln sie um die Wette. Und weiter weg sind die anderen aus ihrer Herde. Überall, wo kein Wind ankommt, ruhen Schafe in den Dünen. Aber die drei Freundinnen Olli, Gabi und Elvira haben es besonders schön, finden sie. Ihre Kuhle ist die gemütlichste. Dort schlafen sie tief und zufrieden.

Es ist noch sehr früh, am Himmel mischt sich gerade mal eine Ahnung von Grau ins Schwarz, da wird Ollis Schlaf unruhig. Erst zuckt ihr linkes Ohr, dann das rechte. Die Nase zieht sich kraus, ihre Beine wollen sich strecken. Sie macht ein Auge auf, seufzt, klappt es wieder zu.

Immer noch Nacht, meldet sich ihr Kopf. Wie scha-a-ade!

Nun ist das ganze Schaf quietschwach. Wenn doch schon Morgen wäre!

Hans kommt immer erst, wenn die Sonne da ist. Und das dauert noch eine Weile. Deshalb ruckelt sich Olli wieder zurecht, kneift die Augen zu und versucht regelmäßig zu atmen, bis tief in den Bauch hinein. Ein. Aus. Ein – nein, es geht nicht, sie kann keinen Schlaf mehr finden. Sie will, dass es endlich so weit ist!

Wenn es nachher nämlich Tag wird, dann kommt etwas, auf das sie sich schon lange freut. Hans hat viel davon erzählt, und sie kann es kaum erwarten. Heute werden die Schafe nicht in den Dünen bleiben, von Morgen bis Abend wie sonst immer. Wobei, das Grasen hier, das hat auch was. Denn da kann sie mit ihren

beiden liebsten Freundinnen ein Stück von den anderen weglaufen, und sie können ein bisschen für sich sein. Ohne die ganze Herde.

Die mit ihrem Geschubse und Geblöke, denkt Olli. Bloß weil jedes Schaf Angst hat, die anderen könnten ihm die leckersten Happen wegschnappen. Tolpatschig sind sie und laut und kein bisschen elegant. Sie spaziert lieber mit Gabi und Elvira gemächlich um die Rosenhecken. Dort recken sie die Hälse und verputzen nur zarte Blattspitzen und duftende Blüten. Deshalb riechen sie auch so viel besser als der Rest. Die drei Grazien nennt Hans sie immer. Bestimmt weil sie die Schönsten sind.

Aber heute gibt es etwas Besonderes, deswegen ist sie so aufgeregt. Heute haben die Schafe ihr großes Grünfest. Auf der Wiese im Dorf. Wenn Hans nachher kommt, dürfen alle Schafe mit zur Straße. Da steht dann der Laster mit der großen Ladefläche. Mit dem fahren sie dahin, wo die Menschen wohnen, zu dem Berg mit der Kirche. Die hat einen spitzen Turm und obendrauf einen Hahn, der stocksteif dasteht, sagt Hans, und sich nur manchmal dreht.

Den hat Olli noch nicht gesehen. Sie war erst einmal bei einem Grünfest dabei. Sie ist ja noch ein junges Schaf, und ins Dorf geht es jedes Jahr nur für einen Tag. Sonst müssen sie zu Hause bleiben, in den Dünen, wo sie hingehören.

Hans gehört auch in die Dünen. Er ist einer von ihnen, oder jedenfalls beinahe. Wenn er kein Mensch wäre, sondern ein Schaf, würde er ganz zu ihnen gehören. Aber weil er ein Mensch ist, fährt er öfter ins Dorf. Er hat dann da zu tun, sagt er. In letzter Zeit ist das ganz schön oft. Meistens abends. Und er erzählt auch viel vom Dorf. Aber sonst ist er immer bei ihnen und zieht mit ihnen zusammen über die Dünen.

Hans ist unser Hirte, denkt Olli. Und ein Hirte ist ein Aufpasser. Aber bei Hans merkt man das eigentlich gar nicht. Wir brauchen auch überhaupt keinen Aufpasser, wir finden doch alles selber. Unser Fressen, unsere Kuhlen zum Schlafen, den hohen Dünenberg mit dem dichten Gras, die Runzelrosen. Aber schön ist es trotzdem, dass Hans bei uns ist. Er gefällt mir sehr.

Die Zeit vergeht mit Denken und Träumen. Als Olli diesmal die Augen aufmacht, hat sich der Himmel am unteren Rand rötlich gefärbt, als ob irgendwo weit weg ein Feuer glüht. Nach oben hin verschwindet das Rot. Aber richtig dunkel ist der Himmel nirgends mehr, und um sie herum beginnt die Landschaft aus der Nacht aufzutauchen. Der Dünenrand ist schon deutlich zu sehen. Olli streckt die Glieder. Endlich! Sie stößt Elvira und Gabi mit der Schnauze an.

»Aufwachen! Los, kommt mit, wir laufen hoch, gleich kommt die Sonne!«

Elvira schnaubt und dreht den Kopf auf die andere Seite. Sie lässt sich nicht so schnell aus der Ruhe bringen. Aber Gabi steht im Nu auf den Füßen, schüttelt sich und trippelt auf ihren dünnen Beinchen los.

»Lass doch«, sagt sie zu Olli. »Pass auf, sie kommt bestimmt hinterher, wenn sie merkt, dass wir weg sind.«

Also lässt Olli Elvira liegen und eilt mit Gabi durch den Sand bergan. Sie will auf jeden Fall rechtzeitig da sein. Oben auf dem Dünenkamm drehen sie sich nach Osten, dahin, wo es am hellsten ist. Ihr Blick ist weit. Bis zum Horizont geht er, ganz bis zum Rand der Welt. Und der Himmel ist klar, über ihnen noch frühmorgengrau und so durchsichtig, als wäre er verschwunden. Im Nichts aufgehängt blinzeln ein paar letzte Sterne.

Aber unten geht es los. Dort werden ein paar hauchdünne Wölkchen mit Ollis und Gabis Lieblingsfarbe bemalt. Rosa, ganz duftig und zart. Ein Band aus so einer Wolke hätte Olli gern mal in ihren Löckchen über der Stirn. Das würde gut zu meinen Augen passen, denkt sie, und zu meinem Fell.

Um die Wolken wächst die Helligkeit, und unten am langen Strich zwischen Himmel und Erde wird eine Stelle immer leuchtender. Strahlen schießen auf. Plötzlich ist es so weit. Die Sonne geht auf! Zuerst erscheint ein feuriger Punkt. Schnell wird er breiter und größer, dann immer runder, und bald können die beiden Schafe gar nicht mehr richtig hingucken, weil die goldene Kugel so blendet. Mit einem Schlag wird die Welt hell. Gabi und Olli trifft der erste Sonnenstrahl, und über ihnen wird alles blau.

Sie sind die Ersten, während unter ihnen alles noch im Schatten liegt. Dafür sind sie auf den höchsten Punkt geklettert. Die Sonne bescheint nur sie, ganz alleine auf der Welt. Vor ihren Augen tanzen runde Punkte, weil sie so lange ins Licht geguckt haben.

Unter ihnen rutscht Sand. Sie hören Schnaufen. Mit weit vorgerecktem Kopf kommt Elvira auf den Dünenkamm geklettert.

»Wa-arum habt ihr mich nicht geweckt?«, meckert sie. »Wa-arum habt ihr nicht auf mich gewa-a-artet? Ihr seid gemein.«

Die beiden antworten nicht. Sie drehen der Sonne die lange Seite zu und genießen die Wärme. Dabei sehen sie sich stumm an. Gabi verdreht die Augen. Das weiß doch jeder, denkt Olli, die Sonne wartet nicht auf Langschläfer. Wir waren früh da, wir haben uns in Ruhe sattgesehen.

Als Elvira oben ankommt, murmelt sie enttäuscht: »Oh, so hoch ist sie schon.« Doch dann wendet auch sie der Sonne die Seite zu und lässt sich den Pelz wärmen. Und das Licht wandert weiter, in die Dünentäler hinein. Der Tag ist da. Endlich.

Auf geht's

Olli, Gabi und Elvira halten Ausschau. Jetzt kann es nicht mehr lange dauern, bis Hans sie holt. Die drei sind ganz kribbelig, ihre Augen huschen über die Hügel.

Und richtig, da sehen sie ihn.

Von seiner Hütte kommt er, den langen Stock in der Linken, und geht mit großen Schritten auf sie zu. Mit einem lauten »Bääh!« rennt Olli los. Sie will ihn als Erste begrüßen.

Von ihrem Blöken werden die anderen Schafe wach. »Wa-a-as ist denn?«, rufen sie. Aber da erspähen auch sie ihren Hirten, und alle setzen sich gleichzeitig in Bewegung. Elvira und Gabi sind Olli dicht auf den Fersen. Sie rennen durch den weichen Sand, so schnell ihre Beine sie tragen. Aber die anderen haben einen viel kürzeren Weg. Als die drei Freundinnen bei Hans ankommen, ist er längst von Schafen umringt. Er tätschelt allen mit der gleichen Zuneigung über den Kopf. Seine Grazien können noch so zwinkern und drängeln, heute Morgen schenkt Hans ihnen keine besondere Aufmerksamkeit.

Hmpf, denkt Olli und senkt den Kopf. Dann eben nicht.

Sie knabbert an einem Löwenzahn, als wäre ihr nichts auf der Welt so egal. Sie kaut mit halbgeschlossenen Augen und lässt die gelbe Blüte zwischen den Lippen wippen.

Aber jetzt kommt Bewegung in die Herde. Mit weit ausgestreckten Armen lenkt Hans sie auf den breiten Weg, der an seiner Hütte vorbei zu dem großen Tor an der Straße führt. Noch ist es zu, aber Olli weiß, wenn sie alle da sind, wird er es aufmachen. Und dahinter wird der Laster stehen.

Alle haben es eilig. Die Schafe laufen schneller als ihr Hirte. Auch Hans schreitet mit seinen langen Beinen tüchtig aus, aber sie sind früher da als er. Die Schafe bauen sich vor dem Tor auf. Sie stehen dicht an dicht. Hans muss die Tiere auf eine Seite scheuchen, damit er überhaupt ans Gatter kann. Als er endlich die Kette entfernt hat, drücken die Schafe so dagegen, dass er es gar nicht öffnen kann.

Olli, die hinter den anderen zurückgeblieben ist, weil sie im Laufen noch den Löwenzahn runterschlucken musste, hält Abstand und guckt erst mal zu. So wird das nie was, denkt sie. Sie läuft zu ihren beiden Freundinnen. »Seht euch das an«, sagt sie. »Dummes Geschiebe. Wenn die ihm nicht Platz machen, kommen wir nie auf den Laster.«

»Du hast doch vorhin genauso gedrängelt«, sagt Gabi, doch Olli antwortet nicht, denn ihr geht gerade ein Licht auf. »Hört mal«, sagt sie. »Ich habe eine Idee. Ich weiß, wie wir die alle überholen können. Seht ihr? Das Tor muss hierher aufgehen. Die anderen versperren sich selbst den Durchgang. Wir brauchen bloß an den Zaun zu laufen, neben Hans. Dann kommen wir als Erste durch, wenn er es schafft.«

Das ist pfiffig. Gabi und Elvira kapieren es sofort. Schnell rennen sie zu Hans. Sie stellen sich zu ihm an den Zaun, und richtig, als das Gatter endlich aufgeht, entsteht eine Lücke. Lässig traben die drei Schafe hindurch.

»Oh, hallo, da sind ja meine Grazien«, sagt Hans. »Schlau wie immer.« Er grinst. »Aber nicht weglaufen jetzt. Ab auf den Laster.«

Olli hebt die treuen Augen. Endlich hat er sie bemerkt. »Ja, Hans«, haucht sie, aber er hört nur: »Mäh.«

Gehorsam laufen die drei weiter, ohne sich um die Blumen am Wegrand zu kümmern. An der Rampe aus dicken Holzbohlen müssen sie sich einen Ruck geben.

»Ganz schön steil«, mault Elvira. »Na, ob ich das scha-affe?«

Olli und Gabi machen ihr Mut. »Wir bleiben hinter dir, damit du nicht abrutschst.«

Und tripp, tripp, trapp sind sie oben auf der Ladefläche. Das war lämmerleicht, aber Elvira bekommt es eben schnell mit der Angst zu tun. Es ist auch wirklich ein bisschen hoch hier oben, so weit über der Erde. Olli will den Kopf gerade durch die Bretter an der Seite stecken, um sich die Höhe zu besehen, da hat es der Rest der Herde durchs Tor geschafft und donnert heran. Im Nu sind alle oben. Hans nimmt die Rampe weg und hängt sie außen an der Seite ein. Dann macht er hinten zu.

»Ist das e-eng hier!«, blöken die Schafe.

Die drei Grazien blöken mit, denn sie sind ganz vorne an das Führerhäuschen gequetscht und können gar nichts mehr sehen.

Hmpf, denkt Olli, meine Idee war nur halb gut. Das hab ich nun davon.

Inzwischen ist Hans eingestiegen. Mit einem Rumpeln springt der Motor an. Der Laster stößt eine Wolke aus. Die stinkt. Dann fährt er an, und die Schafe stöhnen auf. Wie das schaukelt! Gut, dass sie so dicht an dicht stehen, sonst würden sie umfallen.

Ich mach lieber die Augen zu, mir wird schle-echt, denkt Olli entsetzt. So war das auch letztes Jahr, fällt ihr wieder ein. Sie war ganz wackelig auf den Beinen, als sie im Dorf ankamen. Bä-ää-äh! Hoffentlich ist es nicht so weit!

Der Kirchberg in Kirchbergen

Wie die Gegend zwischen ihren Dünen und dem Dorf aussieht, das weiß vermutlich kein Schaf aus der Herde. Die meisten kneifen die Augen fest zu, und die übrigen stieren auf einen Punkt am Boden. Wenn sie den Blick heben, saust und rauscht alles und flitzt viel zu schnell vorbei, als dass sie etwas erkennen könnten. Sofort wird ihnen übel, noch übler als von dem Geschaukel allein, und sie wären sicher vollkommen verzweifelt, wenn sie nicht wüssten, dass die Fahrt bald zu Ende ist.

Aber wenn sie da sind, dann wird es ein wunderbarer Tag. Die älteren Schafe freuen sich so, dass sie die unangenehme Reise beinahe genießen. Sie lassen sich mit geschlossenen Augen den Wind um die Nase wehen. Und die jüngeren haben erzählt bekommen, wie schön es im Dorf ist und wie herrlich das Gras auf der Weide dort schmeckt. Das hilft ihnen über die Angst hinweg und lindert die Übelkeit. Sie stöhnen nur leise vor sich hin. Und es dauert tatsächlich gar nicht lange, dann ist der Schrecken ausgestanden. Der Laster bremst und bleibt stehen. Hans steigt aus.

Als er die Ladeklappe öffnet, blickt ihm eine leicht zerzauste Schar entgegen. Benommen warten die Schafe ab, was nun kommt. Hans kann in aller Ruhe die Rampe sichern. Keiner schubst, keiner drängelt. Aber die ersten heben vorsichtig die Köpfe und schauen sich um.

Das ist wirklich eine andere Welt als in den Dünen. Der Laster parkt auf einer Straße, die mit Steinen gepflastert ist, deswegen hat es eben zum Schluss so geholpert. Neben der Straße verlaufen Sandwege, einer auf jeder Seite. Gegenüber ist der Weg von Hecken und Zäunen gesäumt, immer ein kurzes Stück so und dann wieder anders. Die Hecken sind mal hoch und eckig, mal bunt mit langen Zweigen, die Zäune sind aus Holz oder Eisen. Keine zwei gleichen sich genau, und alle haben Pforten und Tore. Sie führen zu Häusern mit Gärten drum herum.

Aber auf der Seite, wo ihr Laster steht, gibt es keine Zäune, sondern nur viel Platz. Dort geht es auf einen Berg, richtig hoch hinaus, und der ganze Berg ist eine grüne Wiese, viel grüner als das Dünengras. Sie leuchtet saftig im Morgensonnenschein.

Oben auf dem Berg steht eine Kirche. Sonst sind keine Häuser da, nur die Kirche mit ihrem Turm, ein Friedhof, ein paar Bänke für Menschen zum Sitzen, und überall grünes, grünes Gras. Unterhalb der Kuppe mit der Kirche zieht sich der Hügel in die Länge, um dann zum Rand der Wiese hin noch einmal anzusteigen. Auf diesem Sattel, der genauso grün und grasig ist wie der Rest, steht ein dicker Baum mit einer hohen breiten Krone, die in der Morgensonne einen langen Schatten wirft.

Der Baum ist eine Linde, und sie ist schon viele hundert Jahre alt, beinahe so alt wie die Kirche. Weil es Bäume von solchem Alter nicht oft gibt, wird die Linde von einigen im Dorf sehr geliebt. Sie möchten sie als Wahrzeichen des Ortes gewürdigt wissen. Wenn es nach ihnen ginge, müssten alle Schilder und der Briefkopf des Bürgermeisters ein Bild von ihr tragen. Am liebsten würden sie sogar den Dorfnamen ändern. Kirchlindberg würde ihnen gut gefallen.

Für andere sind das nur Flausen. Ihr Dorf heißt Kirchbergen, und damit basta. Die Linde kann stehen bleiben, wenn sie nicht zu viel Dreck macht, aber

wichtig sind nun wirklich andere Dinge. Eine bessere Verkehrsanbindung und Einkaufsmöglichkeiten zum Beispiel. Kirchbergen ist ein modernes Dorf. Die meisten Bewohner fahren täglich weit zur Arbeit und zur Schule, man muss praktisch denken.

Modern finden sich die Lindenfreunde auch. Was ist moderner, als die Umwelt zu schonen? Mit neuen Ideen, die niemandem wehtun. Deshalb holen sie ja die Schafe nach Kirchbergen, damit sie die Wiese abgrasen und man dafür keinen Motormäher braucht.

Vorsichtig, eins nach dem andern, tippeln die Schafe über die Rampe nach unten auf die Straße. Hans ist mit auf die Ladefläche geklettert, um ihnen zu helfen.

Er schiebt immer ein Schaf zur Rampe hin und gibt ihm dann einen Klaps auf den Hintern. So leert sich der Laster flink, bis als Letzte Elvira, Gabi und Olli an der Reihe sind. Elvira bockt ein bisschen, weil sie schon wieder Angst hat. Olli verdreht die Augen und versucht Hans zu zeigen, dass sie ohne Scherereien ganz von allein hinunterbalancieren wird. Aber Hans sieht gar nicht zu ihr hin. Vor einem weißen Haus auf der anderen Straßenseite winkt jemand. Und lacht.

»Fatma«, ruft Hans. Er klingt erfreut, Elviras Nöte kümmern ihn auf einmal so wenig, dass er sie einfach mit einem Schubs auf die Rampe befördert, wo sie mit jämmerlichem Bä-ä-äh auf steifen Beinen abwärts stakt. Wie nebenbei werden Gabi und Olli hinterhergeschoben.

»Pfff«, macht Olli. »Als ob wir Luft für ihn wären. Wer ist das denn?«

»Hast du doch gehört.« Gabi tut gleichgültig. »Sie heißt Fatma.«

Der Laster ist leer. Hans springt hinunter, hängt die Rampe an der Seite ein und lässt den Blick über den Berg schweifen. Die meisten Schafe weiden schon. Das grüne Gras lockt sie von selbst. Er muss ihnen gar nicht zeigen, wo sie heute ihr Futter finden sollen. Bestimmt werden die drei Grazien auch gleich die Köpfe senken und fressen. Fatma tritt durch die Gartenpforte. Hans läuft ihr entgegen. Sie umarmen sich.

»Na-aso«, blökt Olli. Ihr will schon wieder ein Licht aufgehen. Vielleicht ist diese Fatma der Grund, weshalb Hans neuerdings so oft abends noch im Dorf zu tun hat. Die soll ihnen nicht den Hirten wegnehmen. Er gehört zu ihnen, in die Dünen.

Sie pufft Gabi an. »Bä-äh, ich guck da lieber nicht hin. Komm, wir gehen.«

»Geh du vor«, sagt Gabi. »Ich warte auf Elvira. Wir kommen dann nach.« Sie tritt zu Elvira, die noch immer stocksteif dasteht. »Los«, sagt sie, »vergiss den Laster. Jetzt können wir es uns den ganzen Tag hier schmecken lassen. Probier doch mal.«

Olli lässt die beiden futtern. Sie hat noch keinen Appetit. Hoch erhobenen Hauptes schlendert sie über die Wiese und lässt betont locker die Hüften schwingen. Sie macht einen großen Bogen um die anderen Schafe und geht bergauf. Olli will weit weg.

Ein fremdes Schaf

Schön ist es hier. Das Wetter könnte nicht besser sein, die Wiese ist noch feucht vom Tau, und die Luft ist mild und klar. Köstlicher Kräuterduft steigt Olli in die Nase. Unwillkürlich senkt sie den Kopf und zupft ein paar Halme und Blätter ab. Mmm, würzig, denkt sie, und saftig. Lecker. Kauend schlendert sie weiter. Ein gelber Schmetterling mit einem roten Punkt auf jedem Flügel fliegt auf, weil sie sich nähert, und umflattert ihren Kopf.

»O Gott«, fispelt er, »ist heute etwa Schafstag? Dann ist hier ja ratzfatz alles kahlgefressen!«

»Stell dich nicht so an«, antwortet Olli. »Du kannst lieber guten Morgen sagen. Wir sind bloß einen Tag hier. Das ist unser Grünfest, und hinterher hat das Dorf eine schöne, gemähte Wiese. Du kannst uns ruhig die Abwechslung gönnen.«

»Wieso Abwechslung? Fresst ihr denn nicht immer Wiesen leer?«

»Nein, wir sind Dünenschafe«, sagt Olli. »Unser Futter ist oft ziemlich trocken.«

»Ach so, na dann. Dann also guten Morgen und gutes Fressen meinetwegen auch«, sagt der Schmetterling. »Aber ich hau ab, sonst werde ich noch zertrampelt.«

Der hat Sorgen, denkt Olli. Aber immerhin, durch das Gespräch hat sie fast vergessen, dass sie eigentlich beleidigt ist. Sie blickt dem Schmetterling nach, der hoch in der Luft bergauf flattert. Er scheint zu dem großen Baum zu wollen.

Beinahe schon munter springt Olli hinterdrein. Wie die anderen Schafe, aber hoch über ihnen am Hang, beginnt sie zu weiden. Beim Kauen sieht sie sich um. Gabi und Elvira sind noch unten am Straßenrand und futtern grünes Gras in sich hinein. Anscheinend wird sie nicht vermisst.

Prima, denkt Olli, ich suche mir die würzigsten Happen und muss mit niemandem streiten.

Sie beißt ab, kaut, macht ein paar Schritte, zupft wieder und kaut. Auf diese Weise nähert sie sich der großen Linde. Und dem langen Schatten auf dem Gras. Das ist gut für später, denkt sie. Jetzt ist die Sonne noch schön, aber heute Mittag wird es bestimmt heiß. Dann gehe ich unter den Baum und ruhe mich da aus.

Sie hält sich an die Sonnenseite und frisst. Je näher sie dem Baum kommt, umso lauter summt und brummt es. Und duftet. Olli sieht sich die Krone an. Der Baum steht in voller Blüte, und überall sammeln Bienen und Hummeln den Blütenstaub. Ihre Beinchen haben dicke blassgoldene Polster. Beim Fliegen von einer Blüte zur nächsten hängen sie lang nach unten, weil sie so schwer sind. Auch der gelbe Schmetterling gaukelt von Blüte zu Blüte, fährt an jeder seinen Rüssel aus und trinkt. Olli saugt den Duft ein und kaut dazu Gras. Der Knoten aus schlechter Laune in ihrem Bauch ist so kleingeschrumpft, dass sie ihn kaum noch spürt.

Gar nicht schlecht, dieser Kirchberg, denkt sie. Der Linde geht es bestimmt auch gut. Sie hat einen so schönen Platz hier oben.

Auf einmal vernimmt sie ein Blöken, das sie nicht kennt.

»He du«, sagt das fremde Schaf. »Komm doch mal her.«

Olli sieht sich um.

»Ja, du, dich meine ich. Hier bin ich, ich kann nicht zu dir kommen.«

Aha, dahinten ist ein Zaun, und durch die Lücke zwischen den Brettern linst ein Bock mit gedrehten Hörnern und dunkelbraunem Pelz. Er ist eingesperrt, seine Hörner klappern gegen das Holz.

»Ja, hier bin ich, komm doch näher«, blökt der Bock, als er sieht, dass Olli ihn entdeckt hat.

Neugierig wäre Olli ja, aber sie weiß nicht recht, was sie tun soll. Der Bock ist so groß, und er ist ein Fremder. Sie kennt ihn gar nicht. Aber er ist hinter einem Zaun, und hat Hans ihnen etwa verboten, mit Fremden zu sprechen? Nein, hat er nicht. Vielleicht hat er es bloß vergessen, wegen dieser Fatma. Aber nicht ist nicht. Da hat er selber Schuld. Ihre Beine haben schon entschieden. Nicht zu flink, aber auch nicht zu langsam tragen sie Olli zu dem Zaun.

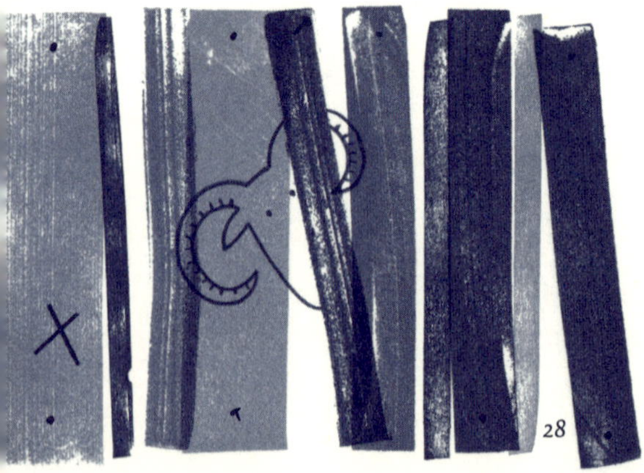

Der Bock streckt grinsend die Schnauze durch die Bretter. »Du bist ja ganz schön keck für so ein kleines Schaf.«

Was soll Olli darauf sagen? So klein ist sie gar nicht mehr. »Ich bin schon ein Jahr alt«, antwortet sie und redet gleich weiter: »Wieso bist du hier eingesperrt? Kannst du gar nicht raus? Wir sind bloß einen Tag hier, nur heute, wir sind aus den Dünen, heute ist unser Grünfest. Wir dürfen den ganzen Berg abgrasen. So saftig ist das Futter bei uns nie.«

»Ach so, aus den Dünen seid ihr. Deshalb guckst du dir alles so genau an. Ich beobachte dich schon eine Zeit lang. Der Baum gefällt dir, was?«

»Der summt so laut von den vielen Bienen, und er ist unheimlich riesig, oder? Bei uns gibt es so was nicht. Ich leg mich heute Mittag unter ihn in den Schatten. Es wird schon ganz schön warm, findest du nicht?«

Der braune Bock schnauft. »Da hast du Recht. Leider kann ich nicht mit dir gehen. Du siehst ja, ich muss hierbleiben. Aber mach du ruhig Pause unter dem Baum, das ist der beste Platz zum Wiederkäuen.«

Seine Stimme klingt traurig, aber auch ein bisschen gönnerhaft. Olli weiß nicht, ob ihr das gefällt, aber sie lässt sich in ihrer Neugier nicht stören. »Warum darfst du denn nicht raus?«, fragt sie.

»Mein Besitzer will das nicht. Ich bin ihm zu wild. Und zu schnell. Deshalb darf ich immer nur auf dieser kleinen Weide grasen. Allein. Ich bin sein einziges Schaf.«

»Und wie heißt du?« Olli staunt über seine Geschichte, aber das soll er nicht merken. Wo gibt es denn so was, ein Schaf alleine, ohne Herde?

»Mein Name ist Bruno«, brummt der Schafbock.

»Bruno?«

»Genau.«

»Das passt ja gut. Du bist braun und heißt Bruno.«

Bruno nickt. Nur gut, dass er nicht Hieronymus getauft wurde, wie sein Besitzer es eigentlich vorhatte. Der Tierarzt wollte sich einen Spaß daraus machen, sein Schaf nach einem alten Kirchenvater zu nennen, der auf Bildern oft mit Ringellöckchen und langem Bart zu sehen ist. Aber Henriette und Hugo, seine Zwillinge, waren für Bruno, und sie haben gewonnen. Zum Glück.

»Und wie heißt du?«, fragt Bruno.

»Olli.«

»Sehr erfreut«, sagt Bruno. »Dann können wir jetzt Freunde sein, oder, kleine Olli?«

Olli nickt. Einen Freund im Dorf zu haben, das kommt ihr gerade recht.

»Und das Grünfest macht euch Spaß?«, fragt Bruno weiter.

»Ja klar«, sagt Olli. »Einen ganzen Tag saftiges Gras fressen, ausruhen, wiederkäuen, über die weiche grüne Wiese laufen, fressen, ausruhen, wiederkäuen. Bis es Abend ist. Und was es hier alles zu sehen gibt!«

»Schade, dass ich bei eurem Grünfest nicht mitfeiern kann«, sagt Bruno. »Aber ist denn gar kein Tanz dabei? Und Musik? Das wäre doch noch viel schöner.« Er guckt verträumt.

Tanz? Schon wieder so was Neues. Olli kann sich nichts darunter vorstellen. Aber Bruno scheint es zu mögen. Und Musik mag Olli auch.

Auf einmal blitzen seine Augen wieder. »Soll ich dir mal was verraten?«, fragt er. Und wartet gar nicht auf eine Antwort. »Wenn du nachher zum Baum gehst, musst du dich gut umsehen. Dann wirst du eine Treppe finden.«

Er erklärt ihr, dass diese Treppe, eine richtige halbrund gebaute Treppe aus Stein, zu einer Plattform aus dicken Holzdielen führt, die mitten im Baum liegt. Unter der Plattform wachsen die untersten Äste in die Breite und biegen sich erst außen, wo sie zu Ende ist, steil in die Höhe. Mit ihren Blättern verstecken die Äste und Zweige die Plattform. Von außen sieht die

Linde aus wie jeder normale Baum, aber innen hat sie mitten in der Krone noch einen Boden mit viel Platz und glatten Holzdielen. Man kann hinaufsteigen und ausgucken und hat einen tollen Überblick über den Berg und das Dorf.

»Dahin musst du klettern, die Treppe hoch«, sagt Bruno, »und wenn du oben bist, guckst du, ob du mich siehst, und dann winkst du.«

Olli ist begeistert. Ihr neuer Freund tut zwar ein bisschen wichtig mit seiner Erklärung, aber diese Treppe muss sie unbedingt finden. Schnell schluckt sie das Gras herunter, das sie beim Zuhören zu Brei gekaut hat.

Sie rülpst. Es duftet grün.

»Ja, das mach ich«, sagt sie, »jetzt gleich. Bis dann.« Und dreht sich im Davongehen noch einmal um. »Bähbäh.«

Bruno brummt: »Kommst du nachher noch mal vorbei?«

»Kann sei-ein«, blökt Olli, diesmal ohne sich umzusehen. In ihrem Kopf hat nur noch die Baumtreppe Platz.

Die alte Linde

An ihre Herde hat Olli vor lauter Ablenkung überhaupt nicht mehr gedacht. Als sie über die Wiese zum Baum zurückzockelt, sieht sie, dass sich die Schafe weiter über den Berg verteilt haben. Einige sind der Linde schon recht nahe. Noch grasen alle eifrig, aber es wird allmählich warm, und vermutlich sind ihre Mägen bald voll. Dann werden auch sie sich ein Plätzchen im Schatten suchen wollen, um in Frieden wiederzukäuen. Und sie hat bestimmt nicht als Einzige die alte Linde entdeckt.

Ich muss mich beeilen, denkt Olli, wenn ich sie wenigstens ein Weilchen für mich allein haben will. Sie läuft unauffällig ein wenig schneller und verbirgt sich, so gut es geht, hinter dem Baum. Kein Schaf scheint aufzublicken. Im Nu ist sie unter der Linde verschwunden.

Dort liegt tiefer Schatten, die Sonne ist ganz ausgesperrt. Alle paar Schritte stehen Säulen. In der Mitte wächst dick und wulstig der Stamm. Als Olli davor steht, fühlt sie sich ganz klein. Sie braucht viele Schritte, um einmal ganz herum zu laufen, so mächtig ist er. Nach allen Seiten strecken sich Äste. Auch sie sind dick, die Linde muss wirklich sehr alt sein. Das Summen und Brummen der Bienen dringt von weit oben und außen, wo die Blätter und die Blüten sind, zu Olli herunter. Sie fühlt sich wie unter einem riesigen grünen Schirm.

Noch einmal läuft sie um den Stamm und sucht nach der Treppe, aber sie kann sie nicht entdecken. Erst als sie an den Rand der Krone geht und dort ein Stück entlang, steht sie plötzlich da: eine Treppe aus Stein mit einer Pforte davor. Zum Glück ist die Pforte offen.

Olli holt tief Luft und setzt vorsichtig einen Fuß über die ungewohnte Kante hinweg auf die unterste Stufe, dann den nächsten Fuß ebenso vorsichtig auf die zweite Stufe. Die Hinterbeine ziehen mit, und so geht es Schritt für Schritt die Treppe hinauf. Immer hübsch außen auf dem breiten Ende der Stufen. Nach innen werden sie Olli zu schmal, denn die Treppe führt in einem runden Schwung nach oben.

Beim Klettern schaut Olli nur auf die Stufen und ihre Füße. Tripp. Tripp. Tripp. Tripp. Sie ist fest entschlossen, keine Angst zu haben. Aber schon nach ein paar Stufen merkt sie, dass sie viel höher über der Erde ist als vorhin auf dem Laster. Und das ist unnatürlich für ein Schaf. Ein bisschen schwummrig wird ihr schon.

Pups drauf, denkt Olli. Ich will aber.

Die Sonne brennt ihr auf den Pelz, ihr Schatten gleitet eckig über die Stufen, dann ist er weg, wie verschluckt. Die Treppe hat sie wieder unter das Blätterdach geführt. Und bald hat sie es geschafft. Olli steht in einem großen Saal. Luftig und kühl ist es hier und gar nicht sehr dunkel, obwohl die Wände dicht sind. Hier und da dringt Sonnenlicht durch das Laub und malt helle Flecken auf den Boden.

Olli staunt. Zuerst wandern nur ihre Augen umher, dann dreht sie den Kopf nach allen Seiten, schließlich setzt sich das ganze Schaf in Gang. Und bleibt erschrocken wieder stehen. Ihre Hufe klappern auf dem Holzboden, und es soll sie doch keiner hören! Dies soll ihr Versteck sein. Ihr Geheimnis für sich allein. So ein schöner Saal, mit einer Bank um den Stamm und einer langen, langen Bank um den Rand für die Menschen zum Sitzen und dazwischen viel Platz. Und

dieser Duft! Er ist überall. Sie steht mittendrin. Beinahe trinken kann sie ihn.

Vorsichtig geht Olli weiter und tritt möglichst leise auf. Gleichzeitig platzt sie schier vor Stolz. Dies ist ihr Baumhaus, durch ihre Kühnheit hat sie es entdeckt, hier will sie sich auf den besten Platz legen und wiederkäuen, in aller Ruhe, stundenlang, ungestört. Sie ist einfach toll.

Als sie allerdings in sich hineinhorcht, ist ihr Bauch nicht voll genug zum Ausruhen. Vor lauter Abenteuer hat sie das Fressen vergessen. Was soll sie tun? Noch einmal hinunter auf die Wiese kann sie nicht. Wenn die anderen sie sehen, ist es mit ihrem Geheimnis aus.

Aber Olli wäre nicht Olli, wenn ihr nicht gleich eine Idee käme. Sie schnuppert an den Blättern und Blüten, die an den Wänden des Baumsaals wachsen. Hmm, auch nicht übel, denkt sie. Die könnten sogar ziemlich gut schmecken.

Mit ungewohnter Förmlichkeit trippelt sie zum Stamm und fragt: »Alte Linde? Da-arf ich? Wie die Bienen, die Hummeln und die Schme-etterlinge? Du hast doch bestimmt nichts dagegen, oder? In deinem Alter?«

Der Baum scheint Olli zu verstehen. Er schickt ein Rascheln durch sein Laub, und sie hört deutlich: »Guten Appetit!«

Ein Garten an der Wiese

Unten auf der Wiese lässt es sich die Herde schmecken. Die Schafe grasen über den Kirchberg verstreut, sie zupfen und malmen, und die meisten haben nur Gras und Klee, Saft und Grün im Sinn. Sie heben kaum einmal die Köpfe, und wenn, dann höchstens bis zum nächsten Happs. Und malmen wieder weiter.

Elviras Angst ist vergangen. Aber sie ist noch aufgekratzt. Sie zupft mal hier, mal da, läuft ein paar Schritte und zupft wieder. Ein zufriedenes Schaf benimmt sich anders.

»Was hast du denn?«, fragt Gabi. »Wollen wir nicht zu Olli gehen?« Zu dritt, denkt sie, wird das Grünfest erst richtig schön.

Doch Elvira will nicht. Sie fühlt sich in eine andere Richtung gezogen. Fatma ist zwar weg, aber Hans steht immer noch am Laster und passt gar nicht richtig auf. Und weil sie nicht dumm ist, bringt sie das auf die Idee, auf Wanderschaft zu gehen.

»Lass uns lieber mal gucken, wo die Wiese zu Ende ist«, sagt sie. »Wer weiß, was es da gibt.«

Das ist Gabi auch recht. Die beiden bewegen sich langsam, aber zielstrebig vom Laster und den anderen Schafen fort. Sie rupfen immer ein wenig Gras und gehen beim Kauen gemächlich weiter. So driften sie über die Wiese bergauf.

Das Ende liegt hinter einem Buckel. Die beiden Schafe rupfen und zupfen, und irgendwann haben sie ihn überwunden. Der Laster verschwindet. Dann ihre Herde. Sie sind allein.

»Los, wir rennen«, sagt Gabi.

Wie angestochen tollen die beiden über das Gras. Sie laufen und springen, schubsen sich und stolpern und müssen furchtbar lachen.

»Noch mal«, schnauft Elvira. Sie rennt ein Stück weg, nimmt Anlauf und rast auf Gabi zu. Gabi schlägt einen Haken, so dass Elvira an ihr vorbeiläuft. Dann jagt sie hinter Elvira her. Die dreht sich um und springt Gabi entgegen, beide senken die Köpfe und rasseln zusammen. Aua, ist das ein Spaß!

Keuchend sehen sich die beiden um. Was jetzt? Das Ende der Wiese wirkt nicht besonders aufregend.

Zäune, Hecken, Mauern, die meisten so hoch, dass die beiden nichts dahinter sehen können. Unschlüssig ziehen sie weiter. Ziemlich weit oben führt ein Weg zwischen die Häuser. In seiner Nähe liegen die Gärten höher als das Gras. Die Wiese führt bis an eine lange, gut zwei Schafe hohe Mauer, und obendrauf sind Gärten mit Sträuchern, Efeu, vielen bunten Blumen.

Der Garten an der Ecke ist besonders ordentlich. Dort wächst, in geraden Reihen gepflanzt, Salat und Gemüse. Direkt an der Mauer thront ein riesiger Mangold. Natürlich haben Gabi und Elvira keine Ahnung, was Mangold ist, aber die Pflanze ist herrlich. Sie strotzt nur so vor Saft und Kraft. Prall stehen die breiten weißen Stengel unter dem dicken Strauß aus fleischig grünen Blättern.

Den beiden läuft das Wasser im Mund zusammen. Andächtig blicken sie zu dem großen Gemüse auf. Sie spüren förmlich den Geschmack auf der Zunge. Knackig werden die Blätter sein, voll mit dunkelgrünem Saft. So groß wie die sind! Wahrscheinlich muss man mehrmals abbeißen, mit einem Happs wäre so ein Blatt mal gerade angeknabbert. Wie das wohl wäre, das Maul damit so richtig vollzunehmen?

Vor lauter Appetit vergisst Elvira ihre Angst. Sie sucht die Mauer ab. Da kommen sie niemals hoch.

Neugierig schielt sie um die Ecke. Der Weg dort führt ziemlich steil bergauf. Und an seinem Rand ragt schief ein Mangoldstängel über die Mauer. Die anderen Stängel wachsen in dichter Runde aufrecht in die Höhe, und die Blätter bilden einen großen dunkelgrünen Busch. Nur dieser eine Stängel hat sich aus der Masse gelöst. Sein grüngelocktes Blatt nickt den Schafen zu.

Elvira braucht Gabi nur anzusehen und hat sie schon verstanden. Die beiden Schafe drücken sich um die Ecke und recken die Hälse. Sie machen sich so lang, wie es geht. Aber sie sind nicht groß genug. Gabi muss erst springen und im Sprung fest zubeißen, um den Mangoldstängel tatsächlich zu erwischen und zu ihnen herunterzuziehen.

Einträchtig mampfen sie los. Es knackt und knuspert, sie kauen mit vollen Backen, schlucken … und wollen mehr. Das grüne Blatt hatte einen dunklen erdigen Saft, der dicke weiße Strunk war umwerfend knackig, und das soll es schon gewesen sein?

Gabis und Elviras Augen wandern zu der Pflanze oben im Beet. Von da zur Mauerkante. Zur Mauer selbst. Am Weg entlang wird sie immer niedriger und ist nach ein paar Metern zu Ende. Dort geht sie in eine Hecke über. Die beiden laufen hin. Nein, durch die Hecke kommen sie nicht durch. Aber auf die Mauerkante müssten sie klettern können.

Und dann zurück balancieren, das wäre gar nicht mal so weit.

Gier macht mutig. Elvira, die Ängstliche, geht voran. Der Mangold verlockt sie mehr, als die Mauer sie schreckt. Ohne Probleme klettert sie hinauf, setzt auf der Kante vorsichtig einen Huf vor den anderen und steht im Nu auf dem Beet.

Gabi eilt hinterher. Sie will Elvira keinen Vorsprung lassen. Mit einem Hops ist sie oben, nach wenigen Trippelschritten steht sie hinter Elvira, und zusammen laufen sie weiter.

Jetzt ist es zu dem großen Mangold nicht mehr weit. In der lockeren Erde auf dem Beet sinken die Schafe tief ein, aber das macht ihnen nichts. Sie stapfen entschlossen weiter.

Dann sind sie da, und das Mahl beginnt. Sie rupfen und kauen, schlucken und rupfen, ihr Speichel rinnt. Prall von Saft, dick und gar nicht hart, ist das Grün köstlich zu beißen und zu zerkauen. Und leider ist es schnell in ihren Bäuchen verschwunden.

Nur die Strünke stehen noch da und in der Mitte junge Triebe mit hellem Grün, die feinen Blättchen aufgerollt. Über diese fallen sie als Nächstes her. Gabi gräbt die Schnauze in die Pflanze, so dass Elvira schon ganz ungeduldig wird. Aber dann ist sie an der Reihe und bekommt auch noch das Maul voll.

Kauend beäugen die beiden den Rest. Der sieht inzwischen weniger appetitlich aus. Bloß noch weiße angebissene Strünke um eine ausgefressene Mitte. Trotzdem, saftig sind auch die, das wissen sie vom Probieren. Gabi will gerade den Kopf senken, um wieder abzubeißen, da hören sie Geschrei. Ein Mann rennt durch den Garten auf sie zu, und er schwingt einen Stock.

Der Mann will ihnen was tun. Sie müssen weg.

Gabi ist schon von der Mauer gesprungen, als sie merkt, dass Elvira nicht mitkommt. Sie dreht sich um. Elvira steht auf der Mauer. Der Mann ist nur noch wenige Schritte von ihr entfernt. Gleich wird der Stock sie treffen.

»Spring doch!«, blökt Gabi.

»Bä-ä-ähh«, macht Elvira.

Aber sie springt. Im Galopp nehmen beide Schafe Reißaus über die Wiese und rennen so schnell sie die Beine tragen.

Der Mann blickt ihnen nach. Dann springt er von der Mauer und geht mit großen Schritten in die entgegengesetzte Richtung, zur Straße hinunter.

Im Baum

Olli frisst junges Lindengrün. Sie nast sich von Zweig zu Zweig und steigt nach einer Weile, um besser anzukommen, auf die umlaufende Bank. Dort frisst sie sich von innen weiter um den Baum.

Auf ihrem Weg von Zweigspitze zu Zweigspitze entdeckt sie ein Loch in der Blätterwand. Eine große Öffnung, die nicht mit Grün zugewachsen ist. Sie streckt den Kopf hinaus. Das also hat Bruno gemeint, als er von der Aussicht redete. Ganz schön hoch ist sie über der Wiese. Huh, denkt sie. Ein komisches Gefühl im Bauch macht mir das. Aber sie steht ja sicher auf der Bank. Und der Blick über die Gegend ist tatsächlich so toll, dass sie an gar nichts anderes mehr denkt.

Da ist der Friedhof. Sie kann die Gräber sehen, mit ihrem Blumenschmuck und den sauber aufgereihten Steinen. Die Wege dazwischen, ein paar Vögel. Auch

ihre Herde sieht sie von oben, doch das kennt sie aus den Dünen, wo sie zum Fressen auch immer gern weit nach oben zieht. Das ist nichts Neues. Alle mampfen noch eifrig das grüne Gras.

Typisch, denkt sie. Denen fällt auch gar nichts ein. Die sollten mich mal hier oben sehen. Oder lieber doch nicht. Sie will ihr Geheimnis behalten. Und lieber ungesehen bleiben.

Um Ollis Kopf summt eine Hummel, die Beine dick mit Blütenstaub bepackt. Sie dreht eine Runde. Dann wird das Brummen entschlossener, und die Hummel saust davon, in einer beinahe geraden Linie Richtung Kirchturm. Olli verfolgt sie mit ihrem Blick.

Ach, fliegen können, denkt sie, das möchte ich auch mal. Und sie stellt sich vor, wie sie über den Kirchberg düst, hoch über den Köpfen der anderen. Vielleicht würden sie dann endlich mal aufblicken. Und vor Staunen das Kauen vergessen.

Wie sie so im Geist ihre Bahnen zieht, über die Wiese und den Friedhof zur Kirche, fällt ihr Blick auf den Hahn, der stocksteif oben auf dem Turm steht. Hat Hans nicht schon von dem erzählt? Das muss er sein. Ein komischer Vogel, so dünn und schwarz und vollkommen unbewegt.

Hmm, denkt Olli. Ist er da oben etwa verhungert? Der Hahn ist ihr zu schwarz und zu platt. Ihr Blick wandert weiter.

Bruno, denkt sie, ich soll Bruno winken. Wo ist er denn?

Olli reckt den Hals aus der Fensteröffnung. Sie beugt sich vor, aber Brunos Weide ist nicht zu sehen. Da ist die Kirche und ein Stück Wiese, und dann versperrt der Baum die Sicht. Olli zieht den Kopf wieder ein. Bruno hat doch gesagt, sie soll ihm winken. Gibt es denn noch so eine Öffnung?

Sie läuft auf der Bank weiter, immer an der Blätterwand entlang. Zum Fressen hat sie keine Zeit mehr, nicht einmal zum Naschen. Sie hat nur noch Augen dafür, ob sich wieder ein Loch auftut. Und ob sie Bruno finden kann.

Da ist wieder eins. Olli sieht hinaus. Aber wie vorhin ist da nur die Kirche mit dem blöden Hahn und der Friedhof. Noch immer kann sie nicht weiter gucken. Enttäuscht zieht sie den Kopf wieder ein. Aber sie bleibt bei ihrem Plan. Auf zur nächsten Fensteröffnung.

Die lässt auf sich warten. Erst mal führt die Bank um eine Ecke. Aber dann erkennt Olli die Öffnung schon, bevor sie da ist. Sonnenlicht fällt hindurch und malt die Bank darunter hell. Olli muss blinzeln, als sie aus dem Schatten tritt.

An diesem Fenster tut sich ein ganz anderer Blick auf. Na also. Dies ist die Seite, von der Olli vorhin den Baum in der Morgensonne bestaunt hat. Und von dahinten hat Bruno sie gerufen. Genau, denkt sie, das da muss der Zaun sein, hinter dem der braune Schafbock wohnt. Mein neuer Freund. Winken soll ich ihm, hat er gesagt. Keine Ahnung, wie ich das anstellen soll.

Wie winkt ein Schaf? Normalerweise macht es sich bemerkbar, indem es das Maul aufklappt und Bäh ruft. Aber Olli will nicht blöken. Sie will nicht, dass die anderen sie hören, und sie möchte, dass Bruno sie auch wirklich sieht. Wenn sie nur mit dem Kopf aus dem Fensterloch guckt, ist sie bloß ein kleiner Fleck im Baum. Wie soll er den sehen? Sie muss sich größer machen.

Olli streckt sich. Das bringt nicht viel.

Sie schielt aus dem Fenster nach unten. Und guckt schnell wieder weg. Bloß nicht daran denken, wie hoch sie über der Wiese ist. Sie schließt einen Moment die Augen. Was soll sie tun?

Da kommt ihr ein Bild. In der Erinnerung sieht sie Fatma vor dem weißen Haus, als sie Hans begrüßt hat. Sie war freudig aufgerichtet und hat die Hand geschwenkt, mit hoch erhobenem Arm. Hans hat sie sofort gesehen. Das war Winken. So macht man das. Das muss sie auch versuchen.

Sie sieht sich die Sache noch einmal an.

Das mit dem Handschwenken ist nicht so einfach. Aber wenn sie mit den Vorderhufen auf die Fensterbank klettert, kann sie sich ziemlich groß machen. Das braucht Mut. Olli kneift die Augen zusammen und denkt: Ich gucke einfach nicht nach unten. Ich konzentriere mich nur darauf, Bruno zu zeigen, dass ich hier bin. Und ich lehne mich nicht hinaus, auf gar keinen Fall!

Gedacht, getan. Olli stellt die Beine auf die Fensterbank und drückt sich hoch. Sie holt tief Luft. Welches

Bein will sie zum Winken heben? Sie fühlt nach und entschließt sich für das linke. Reckt es hoch in die Luft und schwenkt probeweise den Huf hin und her. Dabei werden auch ihre Ohren aktiv. Energisch pumpen sie auf und ab. Vor Eifer wippt auch der Schwanz mit, aber das kann von draußen natürlich keiner merken.

Zufrieden setzt Olli ihren Huf wieder auf. Nicht schlecht, denkt sie. Mehr kann ich nicht tun. Das dürfte reichen, damit Bruno mich sieht. Ist er denn überhaupt da? Hat er sie womöglich sogar schon erblickt?

Sie sucht Brunos Weide ab. Dort ist alles ruhig. Nirgends ein Schafbock in Sicht.

Was nun? Sie will nicht, dass ihre Mühen umsonst sind.

Da, gleich hinter dem Zaun schimmert etwas braun. Vielleicht ist er das. Vielleicht hat er sich vor lauter Langeweile hingelegt. Soll er ruhig, das ist Olli egal. Aber hoffentlich hat er trotzdem den Baum im Auge.

Auf zu einem neuen Versuch also, diesmal so lange und so groß aufgerichtet, wie sie kann.

Olli hebt das Bein. Sie holt mit dem Fuß aus – und erstarrt mitten in der Bewegung. Wie aufgescheucht sausen zwei Schafe über die Wiese. Eins stolpert und rappelt sich gleich wieder hoch. Sie rennen, was das Zeug hält. Ein Hund ist nicht da, aber irgendwas muss ihnen Angst machen. Oder lachen die beiden etwa? Sie wirken vollkommen aufgelöst.

Und nun erkennt Olli die beiden Schafe. Das sind ja Gabi und Elvira! Wo kommen die denn auf einmal her? Sie staunt mit offenem Mund. Die beiden sind nicht mehr weit von Brunos Weide. Und da bewegt sich auf einmal auch der braune Fleck. Das ist wirklich Bruno. Er steht auf. Olli beginnt zu winken.

Bruno freut sich

Laut blökend springt Ollis Freund an den Zaun.

»Ehhh! Seid ihr bekloppt, oder was?«, ruft er halb erschrocken, halb neugierig.

»Der Gärtner. Er ist hinter uns her«, keucht Elvira.

»Wir müssen weg«, schreit Gabi. »Er hat einen großen Stock.« Aus ihren Augen blitzt Übermut. So ein Abenteuer haben sie noch nicht erlebt. Sie wollen weiter. Aufregung ist schön. Bruno durchläuft es heiß. Wenn er doch nur mitkönnte. Er hat es satt, immer nur alleine vor sich hin zu fressen.

»Und wo wollt ihr hin?«, fragt er.

Gabi und Elvira glotzen verblüfft. Das haben sie noch gar nicht überlegt. »Na, weg eben«, sagt Gabi cool, aber sie bleibt erst mal stehen.

Bruno reagiert schnell. »Ich hab einen Plan für euch«, sagt er. »Hört zu.«

Sein Blick geht zum Baum. Und jetzt ist er mit Staunen dran. Denn mitten in der Krone steht Olli an einem Fenster und winkt. Sie wedelt mit dem Huf, und ihre Ohren wackeln wie wild. Bruno weiß fast nicht mehr, was er sagen wollte, so freut er sich. Olli hat die Treppe gefunden, und sie hat an ihn gedacht. Sie ist wirklich ein keckes junges Ding, wie sie da im Fenster steht. Und so erfinderisch. Er ist von ihrem Winken ganz hingerissen.

Gabi und Elvira folgen seinem Blick.

»Hallo!«, blökt Bruno, so laut er kann. »Bravo, Olli! Du hast es geschafft. Gro-oßartig!« Er ist schier außer sich. »Wartet auf mich«, ruft er Gabi und Elvira zu. »Ich hab's. Wir verstecken uns bei Olli!«

Die beiden hören gar nicht hin. Sie können es einfach nicht fassen, was Olli da macht. Oder wo Olli da ist. Sie starren stumm und haben ganz vergessen, dass sie wegrennen müssen. Fast könnte man sie auf einen Kirchturm stellen, so reglos sind sie auf einmal.

Bruno hingegen entfernt sich vom Zaun. Dann kehrt er um und rast mit donnernden Hufen geradewegs darauf zu. Kurz vor dem Zaun setzt er zum Sprung an, richtet sich steil auf und saust durch die Luft. Er springt glatt über den Zaun. Beinahe glatt. Ganz zum Schluss schrammt ein Hinterhuf das oberste Brett.

Aber das genügt, um ihn aus der Flugbahn zu reißen. Bruno landet unsanft auf der Seite.

Mist, denkt er, mir fehlt die Übung. Schnell steht er wieder auf. Er will sich vor Olli und den beiden anderen nicht blamieren. Sondern viel lieber eine gute Figur machen. Und möglichst schnell unter den Baum, damit er nicht gleich wieder eingesperrt wird. Freiheit. Wohlig geht es ihm durch und durch. Das wird gut. Über die Wiese rennen, mit den beiden anderen Schafen zusammen, und unbedingt zu Olli in den Baum. Das ist das beste Versteck.

Was Gabi und Elvira betrifft, hat er Glück. Die haben sein Missgeschick gar nicht bemerkt. Als er zu ihnen tritt, muss er sie mit seinen Hörnern anstupsen. Erst da lösen sie sich aus ihrer Starre.

»Wa-a-as …«, fängt Gabi an.

»Los, kommt!«, blökt Bruno. »Ich erklär euch das später. Wir müssen hier verschwinden.«

Stimmt, fällt es den beiden wieder ein. Sie sind auf der Flucht. Ihr Abenteuer geht weiter. Munter setzen sie sich mit Bruno in Bewegung. Der übernimmt die Führung. Er legt ein tüchtiges Tempo vor.

Olli steht im Fenster. Sie hat aufgehört zu winken, nachdem Bruno sein Bravo gerufen hat. Stolz und mit sich zufrieden beobachtet sie, wie es weitergeht. Brunos Sprung über den Zaun hat sie beeindruckt. Dass er dabei gestürzt ist, stört sie nicht. Er scheint sich nicht wehgetan zu haben. Gott sei Dank.

Dass ihre beiden Freundinnen so dumm geguckt haben, erfüllt sie mit Genugtuung. Prima, dass sie gerade im richtigen Augenblick gekommen sind. Nun muss sie ihnen gar nicht mehr groß erzählen, was sie vollbracht hat. Aber sie brennt darauf, von Gabi und Elvira zu hören, weshalb sie wie verrückt über die Wiese gejagt sind.

Die drei Schafe laufen geradewegs auf den Baum zu. Sie scheinen es eilig zu haben. Nur Bruno wirft Olli noch einen Blick zu, dann verschwinden sie unter der Krone. Olli hört, wie Bruno sagt: »Da lang.«

Vermutlich führt er sie zu der Treppe. Olli springt von der Bank und läuft ans obere Ende der Stufen. Dort hört sie, wie Bruno den beiden anderen erklärt, wohin die Stufen führen. Und wie sie es anstellen sollen, eine nach der anderen hochzuklettern. Gabi und Elvira sagen nichts. Sie schnaufen nur. Wie gern würde Olli ihre Gesichter sehen!

Auf der Treppe trappelt es. Brunos Kopf mit den Hörnern kommt um die Ecke. Er grunzt erfreut, als er Olli sieht.

Olli macht: »Pssst«. Sie wartet, bis Bruno ganz oben ist. Dann sagt sie: »Ihr müsst leise sein. Ich will nicht, dass hier gleich die ganze Herde anrückt. Wie schaffen wir es bloß, dass Gabi und Elvira keinen Krach machen?«

Sie freut sich zwar darüber, ihre Freunde bei sich zu haben – alle drei, denn sie hat ja nun neben ihren beiden Grazien auch einen richtigen Schafbock zum Freund –, aber ihr Wunsch hat sich nicht geändert. Sie möchte unbedingt das Geheimnis bewahren und es ungestört auskosten.

Bruno sieht ihr das an. Er möchte Olli gern gefallen. Das beflügelt seine Phantasie. »Kein Problem«, sagt er. »Das übernehme ich.« Er schiebt sich rückwärts auf die Treppe. Doch kommt er gleich wieder hoch und dreht sich um. »Äh, vielleicht geht es so besser«, sagt er und versucht es mit dem Kopf voran erneut.

So gut scheint er das hier auch nicht zu kennen, denkt Olli. Mal sehen, was er macht. Hoffentlich hat er wirklich eine Idee.

Unten tasten sich Gabi und Elvira die Stufen hinauf. Sie sind noch nicht sehr weit gekommen. Elvira leidet wieder unter Höhenangst. Würde nicht noch ein Rest Übermut sie treiben, hätte sie die Treppe gar nicht betreten. Gabi muss sie nach jedem Schritt anstupsen, damit sie weiterklettert. Und auf einmal kommt ihnen auch noch Bruno entgegen. Elvira wird so mulmig, dass ihre Hufe wie angewurzelt stehenbleiben.

Feige Kuh, denkt Bruno, der sich auf der schmalen Seite der Stufe an ihr vorbeidrückt. Guck doch, was ich mich traue.

Bei Gabi bleibt er stehen. »Olli sagt, wir sollen leise sein, erklär ihr das mal.« Er deutet mit dem Kopf auf Elvira. »Und seht zu, dass ihr nach oben kommt.« Dann zockelt er weiter nach unten. Ihm ist, genau wie Olli vorhin, die Pforte aufgefallen. Als Schaf hat er Erfahrung mit Absperrungen. Auf seiner kleinen umzäunten Weide am Rand der großen Wiese lebt er mit einem ganz besonderen Bis-hierher-und-nicht-weiter. Wenn er die Pforte vor der Treppe schließt, denkt er, müssen alle anderen Schafe draußen bleiben. Genau wie Olli das will.

Ihr Wunsch ist ihm Befehl. Energisch macht er sich an der Pforte zu schaffen. Aber die rührt sich nicht. Ein Hebel mit einem Knopf hält sie fest, damit sie offen bleibt. Bruno schiebt einen Huf durch das Gitter und stellt ihn auf den Knopf. Klasse, der Hebel bewegt sich. Nun muss er nur noch ziehen.

Aber wie soll das gehen? Um die Pforte vor die Treppe zu ziehen, muss er wieder auf die Stufen. Mit dem Hinterteil zuerst. Ein Vorderbein hat er durch das Gitter gesteckt. Das andere braucht er zum Stehen. Er reckt das Maul nach der Klinke. Die ist zu hoch. Mist, denkt Bruno. Was jetzt?

Er beäugt die Pforte. Läuft ein Stück um sie herum. Guckt und wägt ab. Schließlich macht er sich lang und stellt beide Vorderhufe auf die Klinke. Mit einem Hinterbein drückt er auf den Knopf. Der Hebel gibt die Pforte frei. Er neigt sich zurück, die Pforte bewegt sich! Schnell nimmt er den Huf vom Knopf und trippelt mit. Langsam schwingt die Pforte in Richtung Schloss. Er darf auf keinen Fall loslassen, damit sie nicht zurückschwingt und wieder einrastet! Brunos Hufe werden vor Anstrengung feucht.

Als er an die unterste Stufe stößt, hebt er vorsichtig erst ein Bein und setzt es auf, dann das andere. Er schafft es, die Pforte mitzuziehen, bis sie schließlich ins Schloss schnappt. Bruno lässt die Klinke los und rüttelt noch einmal fest am Gitter. So, das wäre erledigt. Zufrieden klettert er treppauf.

Oben erwartet ihn Olli. Auch Gabi und Elvira sind inzwischen angekommen. Gabi liegt auf dem Boden und sieht sich um. »Wahnsinn«, flüstert sie. »Toll.« Sie schüttelt den Kopf. »Das muss man gesehen haben.«

Elvira ist weniger begeistert. Unruhig läuft sie um den Stamm. »Bä-ä-äh! Was ist das denn? Was sollen wir eigentlich hier oben?«

»Pssst«, sagt Olli. »Wart's ab.« Gespannt blickt sie Bruno entgegen.

»Alles klar«, sagt Bruno. Er grinst breit.

Olli sieht ihn fragend an.

»Ich hab unten zugemacht. Die Pforte, weißt du? Jetzt sind die anderen ausgesperrt. Keiner kann mehr hinter uns her. Wir können hier oben machen, was wir wollen.« Sanft gibt er Olli einen Puff mit seinen Hörnern. »Na, wie findest du das?«

Mittag

Ganz schön dreist, denkt Olli. Und Bruno ist ein bisschen verlegen, weil er vor Freude vergessen hat, dass er Olli erst so kurz kennt. Er musste sie einfach knuffen. Hoffentlich nimmt sie ihm das nicht übel.

Als Olli sieht, wie es in seinem Gesicht arbeitet, ist sie gleich wieder versöhnt. Dieser Bruno, denkt sie, das ist aber auch einer. Aber laut sagt sie: »Gut finde ich das. Was machen wir jetzt?«

»Kann man die Blätter fressen? Hast du schon probiert?« Bruno hat nach all der Aufregung Appetit.

»Die schmecken gar nicht übel. Und die Blüten sind richtig lecker.« Olli zeigt auf die Laubwand. »Bis dahin hab ich schon gefressen. Ich bin auf die Bank gestiegen und –«

Das reicht Bruno. Mit einem Satz springt er hinauf, trappelt an dem Fenster vorbei und beginnt sein Mahl.

Gabi beschließt, ebenfalls zu fressen. Sie nimmt sich die jungen Blätter unter der Bank vor, während Olli auf die Bank gegenüber von Bruno klettert. Als alle drei kauen, beruhigt sich auch Elvira. Sie sucht sich ein Plätzchen und knabbert los.

Eine Weile ist alles still. Die vier mümmeln vor sich hin wie die Herde auf der Wiese. Allerdings sind die Schafe dort schon bald satt. Ihnen wird es in der Sonne zu warm. Immer mehr versammeln sich im Schatten des großen Baumes und lassen sich zum Wiederkäuen nieder.

Olli, die auf der Schattenseite frisst, schielt vorsichtig aus dem Fenster. Hi hi. Dass die alle nichts von ihrem Versteck wissen, macht sie froh.

Auch Elviras gute Laune kehrt zurück. War das toll mit dieser Mauer und dem leckeren großen Gründings! Und mit ihrer Flucht. Sie haben es geschafft. Hier oben findet sie bestimmt keiner. Fröhlich schlingt sie Blätter und Knospen in sich hinein.

Gabi findet das frische Lindengrün nicht so köstlich wie das Gemüse vorhin, aber immerhin ganz passabel. Jedenfalls besser als Dünengras. Die Hauptsache ist, dass der Mann mit dem Stock sie nicht erwischen kann. Und irgendwie ist es schön hier oben. So luftig und schattig. Ein gutes Plätzchen für die Mittagszeit.

Vor allem zu viert allein. Sie lacht in sich hinein: Wenn Hans sie hier sehen könnte …

Hans ahnt nichts vom Glück seiner drei Grazien. Nur über Gabis und Elviras Untat ist er schon im Bilde. Der Mann aus dem Garten hat ihn gefunden. Wütend ist er anmarschiert und hat, ohne zu sagen, wie er heißt, sofort losgepoltert.

Als er über die Wiese kam, wollte Hans gerade zu seinen Schafen. Bloß gut, dass Fatma nicht mehr da war. Sie ist Ingenieurin bei der Deichbehörde und musste früh zur Arbeit. Ihren Eltern gefällt es nicht, dass sie sich mit Hans abgibt. Deshalb wäre es unangenehm gewesen, wenn dieser Kerl sie zusammen gesehen hätte. Na ja, unangenehm ist übertrieben, aber es muss wirklich nicht sein. Der Mann hat sich auch so ganz schön aufgeblasen.

Zwei Schafe hätten sein Gemüsebeet verwüstet, hat er behauptet. Zwei Schafe aus der Herde von Hans, die offenbar ausgebrochen seien. Was er sich einbilde, nicht auf sie aufzupassen. Verletzung der Dienstaufsichtspflicht sei das.

So ein Unsinn, hat Hans gedacht. Die Schafe sind nicht ausgebrochen, sie weiden heute frei. Das grüne Gras auf der Wiese macht seinen Schafen immer solchen Appetit, dass sie sonst überhaupt nichts im Kopf haben. Sie fressen friedlich vor sich hin. Eigentlich braucht er nur vorsichtshalber die Straße zu bewachen, für alle Fälle.

Doch es scheint etwas schiefgegangen zu sein. Anscheinend sind tatsächlich zwei seiner Schafe auf Abwege geraten. Das ist natürlich übel. Zum Glück ist nicht viel passiert. Das mit dem Garten war gar nicht so schlimm. Hans ist mit dem Mann hingegangen. Eine einzige Mangoldpflanze haben ihm die Schafe weggefressen. Welche beiden mögen das wohl gewesen sein?

»Ich mache das wieder gut«, hat Hans versprochen. »Sagen Sie mir Bescheid, wenn Sie Mangold essen wollen, und ich besorge Ihnen frischen, noch am selben Tag. Wäre Ihnen dreimal recht, für drei Mahlzeiten?«

»Werd nicht frech«, hat darauf der Mann gesagt. »Ich werde Anzeige erstatten. So billig kommst du mir nicht davon.«

Na, dann nicht, hat Hans gedacht. Er kann sich nicht vorstellen, dass ihm die Polizei wegen eines Mangolds eine Strafe aufbrummt. Aber er ist höflich geblieben: »Dann entschuldigen Sie mich bitte. Ich muss zu meinen Schafen. Verzeihen Sie vielmals, auch wegen dem Gemüse.« Der Mann hat bloß grimmig seinen Stock umklammert und irgendwas von »unfähig« gemurmelt.

Der hat wohl keine Ahnung von seinem Beruf. Männer wie Hans sind heutzutage gesucht. Es gibt nicht viele, die sich die Arbeit zutrauen. Alle wollen mehr Freizeit und mehr Bequemlichkeit. Aber Hirten werden gebraucht, im Naturschutz zum Beispiel. Sie haben viel Verantwortung zu tragen, und er hat drei Jahre gelernt. Offiziell ist er Tierwirt, Fachrichtung Schäferei. Zu der Stelle in den Dünen gehören extra der Laster und die Hütte, damit der Schäfer zufrieden ist. Dabei hätte Hans den Anreiz gar nicht gebraucht. Er liebt die Tiere und den vielen Platz. Schon als kleiner Junge hat er sich einen Beruf an der frischen Luft gewünscht. Und für ihn reicht das Geld. Wenn Fatma weiter arbeiten würde, könnten sie sich sogar Kinder leisten.

Doch Schluss jetzt. Der Mann soll ihm den Buckel runterrutschen. Hans strebt seinen Schafen zu. Vertrauen ist gut, aber Kontrolle ist besser, sagt er sich. Jedenfalls manchmal. Vielleicht.

Auf dem Abhang zur Straße haben die Schafe ganze Arbeit geleistet. Die Wiese ist ebenmäßig gemäht. Die Herde hat sich gemütlich bergan bewegt, im lockeren Verband. Sie sammeln sich allmählich am Baum. Viele haben sich schon hingelegt. Einige stehen noch breit im Gras und schlagen sich die Bäuche voll. Das Grünfest bekommt ihnen prächtig. Sie können sich keinen schöneren Tag vorstellen. Aber auch sie zieht es zu der großen Linde. In der Mittagssonne ist ihr Schatten klein geworden. Viele der Schafe richten sich mitten unter der Krone ein, wo die Sonne den ganzen Tag nicht ankommt. Dort können sie lange liegen. Ein paar rücken mit dem Schatten weiter und suchen sich immer neue Plätze, als ob sie noch etwas anderes wollten als bloß Ruhe. So hat eben jedes Schaf seine Vorlieben.

Na, was habe ich gesagt, denkt Hans, als er zu seiner Herde stößt. Hier ist alles bestens. Sein Blick wandert zur Kirchturmuhr. Schon so spät? Da kann ich ja auch gleich Mittag machen. Hier ist nichts für mich zu tun.

Rasch kehrt er zum Laster zurück und holt seinen Proviantbeutel. Er sucht sich oben am Friedhof eine Bank, packt seine Brote aus und ein Gefäß mit Kartoffelsalat, zwei Würstchen, eine große Portion Erdbeeren und eine Thermosflasche mit kalter Milch. Dann isst er und döst, trinkt und döst und betrachtet zufrieden seine Schafe um den Baum. Dieser Tag am Kirchberg ist auch für ihn irgendwie ein Fest.

Die Kirchturmuhr wandert von der Zwölf zur Eins. Die letzten Schafe legen sich zum Wiederkäuen in den

Schatten. Schläfrig lässt Hans sich in der Sonne braten. Sein Kopf ist leer, sein Geist träge. Nur der Hahn auf dem Kirchturm regt sich noch weniger als er.

Aber der Hahn ist auch nicht lebendig, sondern aus Metall und wurde dort hingesetzt, um den Wind anzuzeigen wie eine Fahne. Was so sichtbar für alle dasteht, hoch oben auf einer Kirchturmspitze, muss einen Sinn haben, dachten sich die Kirchenleute, am besten einen erzieherischen. Ihnen fiel eine Geschichte über Jesus und Petrus ein, in der ein Hahn vorkommt. Zwar nur in einer Nebenrolle, aber einer wichtigen: Als der verfolgte Jesus in großer Gefahr war, schwor ihm sein Freund Petrus, er werde immer zu ihm stehen, aber Jesus glaubte ihm nicht. »Bevor der Hahn kräht, wirst du mich dreimal verleugnet haben«, sagte er. Er ahnte,

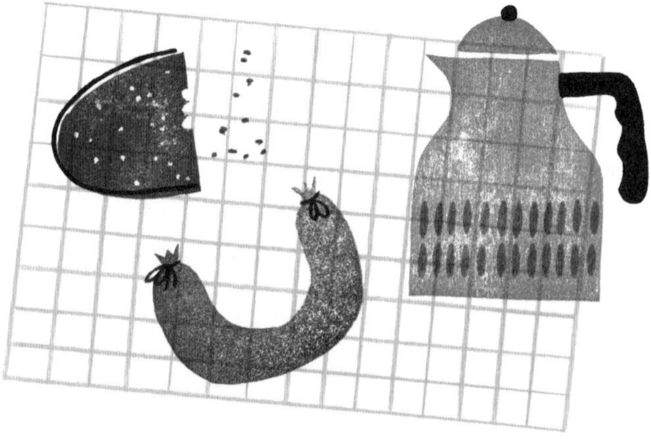

dass seinen Freund der Mut verlassen würde, wenn es um Leben und Tod ging. Und genauso kam es. Petrus rettete tatsächlich die eigene Haut, indem er behauptete, Jesus nicht zu kennen. Jesus wurde gekreuzigt. Und Petrus war verzweifelt. Aber das Leben ging weiter, und weil Petrus bereute, fand er Vergebung und durfte trotzdem Apostel werden.

Wer den Hahn auf dem Kirchturm sieht, soll also daran denken, wie leicht man darauf kommt zu lügen, wenn die Wahrheit unbequem ist. Er soll den Betrachter mahnen: »Pass auf. Versprich nicht mehr, als du halten kannst.« Gleichzeitig ist er derjenige, der morgens als Erster sieht, dass es hell wird. Deshalb steht er auch dafür, dass der Tag die Nacht überwindet – und damit das Gute über das Schlechte siegt. Weil alles Helle ja so viel besser ist als das Dunkle, oder nicht? Womit man wieder bei Petrus wäre, der nach seiner Vergebung auch wieder eine weiße Weste hatte.

Plötzlich macht Hans große Augen. Wie er den Blick über die wiederkäuende Herde schweifen lässt, auf nichts Bestimmtes gerichtet, hat er auf einmal den Eindruck, mitten in der Baumkrone einen Schafskopf zu sehen, einen dunklen Kopf mit kräftigen, schön geschwungenen Hörnern.

Er schiebt sich den Hut aus der Stirn und sieht noch einmal hin. Da ist nichts, nur der Baum. Er muss geträumt haben. So was. Er wird doch wohl nicht anfangen, überall nur Schafe zu sehen?

Oben in der Linde ärgert sich Bruno über seinen Leichtsinn. Die Neugier hat ihn getrieben. Weil er Olli und den anderen erzählen wollte, was draußen läuft. Und in dem Moment hat ausgerechnet dieser Hirte geguckt. Nur gut, dass er schnell den Kopf eingezogen hat.

Jetzt sitzt der Kerl wieder ruhig da. Das scheint ja noch mal gutgegangen zu sein, denkt Bruno. Aber lass dir das eine Lehre sein. Pass demnächst gefälligst besser auf.

Elvira und Gabi liegen unter der Bank und schlafen. Auch Olli scheint satt zu sein. Bis eben hat sie noch gefressen, aber nun springt sie von der Bank und kommt zu ihm herüber. Sie bewegt sich ganz leise.

Er wird ihr nichts verraten.

»Na-ah«, blökt er unschuldig, so leise, dass nur sie es hören kann, »genug gefressen?«

Olli nickt. »Du auch?«

Bruno nickt ebenfalls. »War wirklich ganz essbar. Ich werde mich jetzt mal ein bisschen von innen begucken. Bis später.« Er legt sich auf die Bank.

Auch Olli will sich ein Plätzchen zum Ausruhen suchen. Wo ist es am schönsten? Sie läuft zur Bank am Stamm der Linde und lässt sich darauf nieder. Müde legt sie den Kopf nach hinten und schaut in die Krone hinauf. Mit den Augen folgt sie dem Spiel der Blätter. Sie lauscht dem Summen der Insekten. Dann seufzt sie und lehnt zärtlich ihren Kopf an den Stamm. In dieser Haltung schläft sie ein.

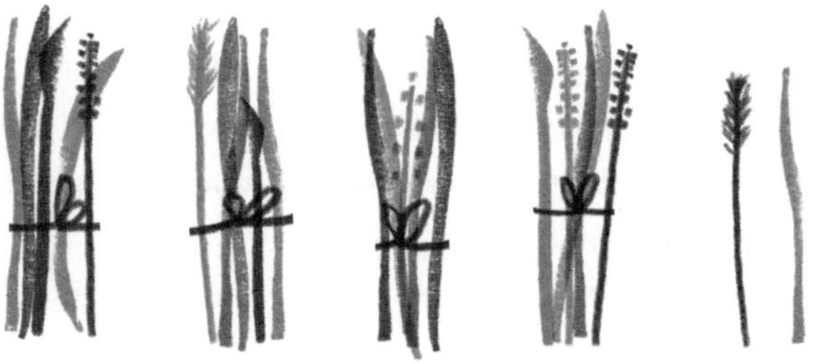

Geschlossene Gesellschaft

Die Sonne ist über den Himmel gewandert. Am Kirchberg geht die Mittagsruhe zu Ende. Hans lenkt seine Schafe auf den Teil der Wiese, wo das Gras noch nicht gemäht ist. Zufrieden wenden sie sich dem Fressen zu. Heute ist ihr Grünfest, und so gehört es sich. Was sollen sie mehr wollen?

Auch die vier im Baum werden wach. Träge strecken sie die Glieder. Sie rülpsen andächtig, würgen ihr Essen hoch. Ihre Kiefer mahlen. Sie käuen wieder.

»Du, Bruno?«, fragt Olli mit vollem Maul. »Was ist Tanz?«

»Tanzen, ja«, sagt Bruno bedächtig, »das gehört zu jedem guten Fest.«

»Aber was ist das?«

Bruno antwortet nicht gleich. Er wiegt den Kopf hin und her und scheint dabei auf etwas zu lauschen.

Versonnen kaut er vor sich hin.

»Nun sag schon!«

»Ja –«

Aber so richtig anfangen tut er nicht. Olli wird ungeduldig. Was hat er denn bloß?

»Bruno-o«, mahnt sie.

»Ja, weißt du«, sagt er schließlich, »gemacht hab ich das auch noch nie.«

Schweigend kauen die beiden weiter. Pups noch mal, denkt Olli. Ein kleiner Köttel fällt auf die Bank. Warum gibt er denn erst so an?

Bruno kämpft mit seiner Ehre. Hat er vorhin den Mund zu voll genommen? Eigentlich nicht, denkt er und schluckt. Das Tanzen reizt ihn wirklich sehr. Deswegen hat er Olli, als sie ihm vom Grünfest erzählte, danach gefragt. Ein Fest für Schafe. Von so etwas hatte er noch nie gehört. Wäre doch möglich, dass auch Schafe tanzen, wenn sie feiern. Warum hieß es sonst Fest?

Er räuspert sich. »Also, ich kenne Tanzen nur vom Zugucken. Die Menschen machen das, wenn sie ein Fest haben. Da gibt es Musik, mit Bummbumm und mit vielen Tönen, die auf und ab gehen und sich umeinander winden, und manchmal Singen dazu.« Er wiegt wieder den Kopf. »Kennst du das?«

»Hans singt manchmal. Dann wird mir immer –« Olli bricht ab. Sie wird doch nicht verraten, was sie in ihrem Herzen fühlt, wenn Hans abends in den Dünen seine Lieder singt. Das braucht Bruno nicht zu wissen, und ihren beiden Freundinnen will sie es auch nicht auf die Nase binden.

Bruno fährt unbeirrt fort. »Ich mag das sehr«, gesteht er. »Die Musik geht mir in die Glieder. Das muss bei den Menschen genauso sein. Sie springen und trampeln zum Bummbumm Bummbumm, aber nicht nur das. Auch für die Stimmung, die von den Tönen kommt, haben sie ihre Bewegungen. Sie drehen sich und schwingen die Beine umeinander und schaukeln mit dem Rumpf. Allein, mal zu zweit, manchmal im Kreis. Kommt ganz drauf an. Und das heißt dann Tanzen. Sieht aus wie ein Riesenvergnügen.«

Olli hört aufmerksam zu. Er kann es ja doch erklären, denkt sie. Warum nicht gleich so? Aber so richtig vorstellen kann sie sich die Sache trotzdem noch nicht. »Zeig doch mal«, fordert sie Bruno auf.

Das scheint ihm nicht recht zu sein. Er zögert. Schließlich sagt er: »Nur wenn du mitmachst.»

»O ja-ah!« Wie aus einem Mund kommt es von Gabi und Elvira.

Olli weiß nicht, soll das eine Aufforderung an sie sein, oder wollen die beiden auch tanzen? Schnell sagt sie: »So ohne Musik? Das geht doch gar nicht.« Dabei will sie eigentlich schon gerne. Hoffentlich nimmt Bruno ihren Einwand nicht zu ernst.

Aber der wirkt gar nicht entmutigt. Er wendet sich Gabi und Elvira zu und fragt: »Könnt ihr uns das Bummbumm machen?«

Um ihnen zu zeigen, was er meint, springt er von der Bank. Mit den Hufen macht er bumm bumm bumm bumm. Eins zwei drei vier. Schlicht und regelmäßig: linke Beine, rechte Beine. Immer hübsch abwechselnd aufgestampft.

Dumpf vibriert der Rhythmus durch das Holz. Kaum hat Bruno ihn vorgegeben, sind Gabi und Elvira zur Stelle. Sie bauen sich hinter ihm auf und stampfen drauflos. Eins zwei drei vier, eins zwei drei vier. Sie lassen die Schultern und Hinterteile schwingen. Gabi nimmt die Stimme dazu: »Bäh bäh bäh bäh.« Elvira grinst und setzt noch eins drauf. »Bäh BÄH Bäh bäh.« Zum BÄH wirft sie den Kopf in den Nacken und reckt ein Vorderbein in die Luft, während sie mit dem anderen besonders laut aufstampft.

Olli ist hingerissen. Selbst wenn sie wollte, könnte sie nicht mehr stillhalten. Beschwingt, schon im Viervierteltakt, läuft sie zu Bruno. Und lacht ihn an. »Wollen wir?«

Gabi und Elvira machen ihre Sache gut. Sie halten verlässlich das Tempo und sind beide so in Fahrt, dass ihnen immer neue Bewegungen und Betonungen einfallen. Sie stampfen und trippeln, schaukeln und wiegen sich, werfen die Köpfe gleichzeitig nach rechts oder links, schmeißen die Beine. Und singen Bäh bäh.

Olli und Bruno üben Schritte. Bruno, der ja schon gesehen hat, wie Paare sich im Tanz bewegen, muss führen. Er geht im Takt auf Olli zu. Aha, denkt sie und weicht im Takt zurück. Kurz vor der Bank lädt er sie ein, die Richtung umzukehren. Nun weicht er zurück, und Olli geht vor. Nach wenigen Schritten bricht er aus der Linie und tanzt um sie herum. Olli behält ihn im Auge, um zu sehen, was er macht, und dreht sich dadurch mit. Wieder kehrt er nach ein paar Schritten um und wiederholt die Bewegung andersherum. Olli geht mit. Sie finden ein Muster. Vor und rück, rundherum, hin und her.

Es ist gar nicht schwer, sich auf Bruno einzustimmen. Als Gabi und Elvira merken, wie gut es geht, wird ihr Rhythmus mitreißender. Sie bauen rasante Wirbel ein. Auch dazu erfinden Olli und Bruno neue Formen. Aufregend ist, wenn sie beide zurückweichen, um dann aufeinander zuzulaufen, bis sie sich beinahe die Köpfe stoßen. Im letzten Moment schieben sie sich nebeneinander und drehen sich Auge in Auge im Kreis. So lange, bis sie duselig werden.

Danach muss Olli sich Luft machen. Sie baut Sprünge in ihre Bewegungen ein. Wenn sie in die Höhe schießt, geht Bruno in die Hocke und hebt die Vorderbeine, wie um sie aufzufangen. Olli juchzt. Tanzen ist toll.

Wie aus den einfachen Schritten die verrücktesten Figuren entstehen, das ist schlicht berauschend. Bumm bumm bumm bumm, juch-heeee.

Die Schafe üben schon eine ganze Weile, als unten auf der Wiese Fatma vorbeikommt. Sie hat Feierabend und will zu Hans. An der Linde bleibt sie stehen.

Merkwürdig, denkt sie und horcht. Irgendwas bummert, mit rhythmischem Blöken und Jauchzen dazwischen. Wo kommt denn das her?

Sie geht an die Treppe. Die Pforte ist zu. Aber der Lärm kommt von oben. Eindeutig.

Leise öffnet sie die Pforte. Noch leiser steigt sie die Treppe hinauf und späht um die Ecke. So etwas hat sie noch nicht gesehen. Den Radau machen vier Schafe. Das braune vom Doktor und drei weiße. Wie kommen die in den Baum? So ganz allein? Und was veranstalten sie da? Sie machen komische Bewegungen und stampfen dazu. Und sind offensichtlich mit Inbrunst dabei. Seit wann machen Schafe Tanzstunde?

Fatma schleicht unbemerkt wieder nach unten. An der Pforte zögert sie, aber dann drückt sie die Klinke zu. Die kleine Gesellschaft soll ungestört bleiben.

Hans steht mit dem Tierarzt am Zaun. Henriette und Hugo, die Zwillinge, sind auch dabei. Alle machen betretene Gesichter.

»Hallo«, sagt Fatma. »Wie seht ihr denn aus?«

»Bruno ist weg«, antwortet Hans.

»Einfach verschwunden. Wir wissen nicht, wo wir ihn suchen sollen.«

»Ist ja 'n Ding.« Fatma will harmlos tun, aber sie muss grinsen.

»Was gibt's denn da zu lachen?«, fragt Hans.

»Verrat ich dir gleich«, sagt Fatma. »Aber vorher musst du sagen, ob deine Schafe alle da sind.«

»Wieso denn das?«

»Wart's ab. Guck erst mal.«

Hans sieht sie zweifelnd an, aber er geht zu seinen Tieren. Er zählt, schaut sich um und zählt noch einmal. Das kann doch nicht wahr sein, denkt er. Wo sind denn die drei Grazien? Erst diese Geschichte heute morgen, und jetzt fehlen ihm schon wieder Tiere. Wie peinlich ist das denn? Wenn das die Runde macht, sitzt er ganz schön in der Tinte.

»Okay«, ruft Fatma, »du kannst wiederkommen.«

Sie wartet, bis Hans da ist. »Dir fehlen welche, oder?«

Hans nickt.

Sie sagt nichts weiter dazu, sondern meint bloß: »Dann seid jetzt mal alle still und sperrt die Ohren auf.«

Warum kann sie es nicht einfach sagen, wenn sie was weiß, denkt Hans. Warum muss sie es so spannend machen? Ihm passt das alles nicht. Aber andererseits: Wenn es ernst wäre, würde sie dann so mit ihm spielen?

Fatma legt einen Finger auf den Mund. Gehorsam schweigen alle und lauschen. Da wird ihnen auf einmal klar, dass sie schon eine ganze Zeit lang ein sonderbares, regelmäßiges Bummern hören. Sie haben bisher bloß nicht darauf geachtet. Fatma nickt. »Ihr werdet nicht glauben, was ich auf dem Weg hierher entdeckt habe«, sagt sie.

Und jetzt alle

Zu fünft streben sie über die Wiese, voran Fatma, dahinter Hans und der Doktor mit den Zwillingen, die auf keinen Fall etwas verpassen wollen. Die Unruhe überträgt sich auf die grasende Herde. Die Schafe blicken auf, erkennen ihren Hirten und traben mit. So bewegt sich ein ganzer Tross zur Linde.

Aus der Nähe hören sie das Stampfen deutlicher. Es wird von Blöken untermalt. Die Linde summt nicht mehr, sie pulsiert und bebt von innen. Von außen zu sehen ist nichts. Aber zu sagen braucht Fatma auch nichts mehr. Wer den Lärm macht, ist allen klar.

Ich hab vorhin gar nicht geträumt, denkt Hans. Der braune Kopf war Bruno.

Plötzlich hört das Stampfen auf.

Unwillkürlich bleiben Fatma und die anderen stehen. Die Herde stoppt mit ihnen. Im Baum plumpst es ein paar Mal. Dann kommt nichts mehr. Es herrscht völlige Ruhe.

»Pssst«, sagt Fatma leise. »Wartet. Nicht stören. Die führen irgendwas im Schilde. Ganz bestimmt. Wenn ihr das vorhin gesehen hättet –«

»Was hast du denn nun eigentlich gesehen?«, zischeln die Zwillinge.

»Eine Art Tanz, würde ich sagen.«

»Wie bitte?«, fragt der Doktor.

»Du spinnst«, sagt Hans.

Die Augen der Zwillinge leuchten.

»Denkt doch, was ihr wollt. Ich hab's gesehen«, sagt Fatma. »Aber jetzt seid mal ruhig, dass wir hören, was sie machen. Da oben rumort es schon wieder.«

Auf einmal bleibt das Bummbumm weg. Bruno und Olli hören auf zu tanzen. Verwundert sehen sie nach ihrem Rhythmusduo. Das lässt sich auf den Holzboden fallen und sagt erst mal nichts.

Eine Verschnaufpause, denkt Bruno. Auch nicht verkehrt. Er legt sich hin.

Gut, denkt Olli, dann mach ich das auch.

Im Baum wird es still.

Gabi und Elvira denken nach. Für ihr Gefühl, das erst ganz klein war, aber bald immer größer wurde,

hatten Olli und Bruno das fettere Gras gefunden. Wieso durften die beiden immer raffiniertere Sachen ausprobieren? Olli zerfloss schier vor Seligkeit, Bruno trug die Hörner stolz und stölzer, während sie, Gabi und Elvira, fromm das machten, was ihnen aufgetragen war. Klar, sie hatten auch ihren Spaß dabei. Richtig stampfen, Köpfe und Beine werfen, Hüftschwünge genau aufeinander abstimmen, das hatte was. Das war nicht schlecht. Aber nach einer Weile wurde es eintönig. Irgendwie war ihnen das nicht mehr genug. So hatten sie nicht gewettet. Doch was jetzt?

Olli ist noch ganz glücklich. Sie seufzt als Erste. »Das war schön!«

Bruno sieht die beiden andern an. »Müde?«

»Nö«, blökt Gabi.

»Nö«, blökt Elvira, »aber so ist das blöde.«

»Blö-öde? Wieso denn?«, fragt Olli.

»Wir wollen uns auch drehen und springen. Nicht bloß ihr.«

»Ach so«, sagt Bruno. »Kann ich verstehen. Das war ja nur der erste Versuch. Hat doch fabelhaft geklappt!

Fa-bel-ha-aft. Ihr seid eine tolle Bummbummgruppe. Und das mit dem Bäh bäh dazu, das war richtig wie Musik. Eins a.«

»Dann macht ihr das jetzt mal. Und wir tanzen. Sonst ist das ungerecht.«

Mein Gott, denkt Olli. Müssen sie denn gleich neidisch werden? Wie lästig. Ganz Unrecht haben sie zwar nicht, aber tanzen will ich. Deshalb sagt sie erst mal gar nichts.

Auch Bruno schweigt. Er sieht sich nicht als Bummbummgruppe.

»Was ist?«, hakt Gabi nach. »Wollt ihr das nicht?«

»Doch, schon«, sagt Olli.

Sie zögert, weil sie einen Ausweg sucht. Da kommt ihr eine Idee. »Hört zu«, sagt sie, »wir könnten uns doch ablösen, oder? Bruno und ich fangen an mit Bummbumm, und ihr tanzt. Danach seid ihr dran, und wir tanzen. Und dann tauschen wir wieder. Und dann wieder. Immer hin und her.«

Bruno lacht. »Das ist die Lösung, Olli,« sagt er begeistert. »Das kriegen wir hin. Los, wir machen weiter.«

Die Paare bleiben also, wie sie waren. Aber sie wechseln sich ab. Immer wenn ein Paar mit seiner Figur fertig ist, tanzt es an den Rand zurück und stampft laut auf der Stelle das Bummbumm.

Olli hat sich das langweiliger vorgestellt, als es ist. Schultern schwingen, Hüften wackeln, Bäh bäh singen macht Laune, und nebenbei kann sie sich neue Sachen ausdenken, Sprünge, Drehungen, komplizierte Verknotungen. Eigentlich ist beides Tanzen, stellt sie fest. Das Atemholen beim Bummbumm und die großen Figuren.

Weil es so schön geht, wird der Tanz immer ausgelassener. Bald brauchen Olli und Bruno die ganze Fläche und die Bänke dazu. Rückwärts, vorwärts, seitwärts trippeln und hüpfen sie, kreiseln umeinander. Olli erfindet einen Sprung, bei dem sie alle viere weit ausgestreckt in die Luft wirft und sich erst ganz kurz vor dem Boden abfängt. Natürlich geht das am besten von der Bank. Das will sie noch einmal probieren, mit Bruno zusammen.

Sie guckt ihn an. Er nickt. Also los.

Sie drehen sich einmal umeinander. Dann hüpfen sie ein paar Schritte auseinander, bis sie sich quer über die Fläche gegenüberstehen. Zunicken, auf die Bank springen, Anlauf. Dann mit einem lauten, doppeltlangen Bäh hoch in die Luft und rums auf den Boden. Perfekt.

Olli läuft noch einmal im Kreis. Sie will, bevor sie Gabi und Elvira ablöst, ein bisschen Dampf ablassen. Dieser Sprung ist einfach zu –

Auf einmal stockt ihr Gedanke. Was ist denn das da an der Treppe? Dort lugen Köpfe über die Stufen. Mehrere. Ist das nicht Fatma? Und wer noch? Verstohlen guckt sie genauer hin. Hans ist auch dabei. Und er sieht gar nicht böse aus. Wenn die sich so verstecken, kann sie auch tun, als hätte sie nichts gemerkt, und einfach weitermachen. Sie will noch nicht mit dem Tanzen aufhören!

So als wäre nichts passiert, stellt sie sich zu Gabi und Elvira und beginnt zu stampfen. Bruno kommt auch, und die beiden anderen wirbeln los. Olli stampft hingebungsvoll ihr eins zwei drei vier. Noch hinge-

bungsvoller als vorher. Dass Hans da ist, stachelt sie an. Mit einer kleinen Grimasse und einem schiefen Blick macht sie Bruno auf die Köpfe aufmerksam. Der blökt kurz »o je«, aber lässt sich ansonsten nicht aus der Ruhe bringen. Aus dem Tanz ist eine Vorführung geworden. Das ist eigentlich noch besser.

Als Gabi und Elvira auf die Bänke hüpfen und nach ein paar Trippelschritten mit lautem Blöken zu Boden springen, trampeln Bruno und Olli so schnell, dass es klingt wie ein Trommelwirbel. Dann ist wieder Olli mit Bruno an der Reihe. Er ist genauso aufgekratzt wie sie. Sie fegen über das Parkett, dass es eine Art hat. Und passen ihre Schritte so aufeinander ab, dass jede Schleife, jeder Sprung genau gelingt. Sie finden sich wunderbar. Und siehe da, ihre Schafsmusik steckt an. Olli quietscht vor Entzücken, als die Zwillinge anfangen leise mitzutrommeln. Hans und Fatma wackeln mit den Köpfen. Sie flüstern miteinander. Dann richtet sich Hans vorsichtig auf. Um den Schafen zu zeigen, dass er nichts Böses will, hebt er beide Hände in die Luft. Mit den Hufen stampft er ihren Rhythmus mit. Er bleibt dicht an der Treppe und lässt ihnen den ganzen Raum.

Als Olli und Bruno unbeirrt weitermachen, trauen sich auch Fatma und die Zwillinge aus ihrem Versteck.

Sie klatschen und stampfen zu viert, beinahe wie eine Bummbummgruppe. Mit einem Blick zu Olli tänzelt Bruno auf die Zwillinge zu und dreht sich im Kreis. Olli dreht sich vor Hans. Gabi und Elvira überlassen das Bummbumm den Menschen und tanzen frei durch den Baumsaal, um sich dann ebenfalls zu drehen. Nun tanzen sie zu viert. Völlig entfesselt hüpfen sie über die Fläche: vor und zurück, in Kreisen und Achten umeinander. Sie trippeln, springen auf die Bänke, zeigen ihre Luftsprünge.

Olli platzt vor Stolz, und die anderen strahlen genauso wie sie.

Als auch der Doktor zur Rhythmusgruppe stößt, fasst Hans Fatma um die Taille und tanzt mit ihr zwischen die Schafe. Hugo und Henriette springen auf die Bank und probieren Luftsprünge nach dem Vorbild von Bruno und den Grazien. Nur der Doktor stampft weiter am Platz, eins zwei drei vier. Aber die Tanzenden helfen mit, den Rhythmus zu halten, und ihr Rufen und Blöken gibt die Stimme dazu.

Olli könnte sich kugeln, so glücklich ist sie. Sie tanzt und springt und dreht sich im Kreis, als würde sie dafür bezahlt. Nie, nie soll das aufhören.

Irgendwann ist Schluss

Hans ist aus der Puste. Er tanzt mit Fatma an den Rand. Grinst dem Doktor zu und klatscht wieder mit. Dabei guckt er heimlich auf die Uhr. So spät schon? Sein Gewissen mahnt ihn, nach den anderen Schafen zu sehen. Er lehnt sich zum Doktor hinüber.

»Ich muss nach unten.«

»Ach was. Die rühren sich nicht vom Fleck. Guck einfach aus dem Fenster.«

Hans nickt. Rasch geht er zur ersten Fensteröffnung und beugt sich hinaus. Der Doktor hat Recht. Wie ein Schaf steht seine Herde da und starrt zu ihm auf, fragend, neidisch, vorwurfsvoll. Er winkt die anderen herbei. »Ich will euch nicht die Freude verderben, aber guckt mal raus. Die sind ganz schön sauer.«

Bruno und die Grazien lassen das Tanzen sein und nähern sich neugierig. Ihre Augen glänzen. Das Fest soll weitergehen. Das finden die Zwillinge auch. Sie glühen vor Begeisterung.

Henriette stößt ihren Bruder an. »Die wollen bestimmt auch, oder?«, fragt sie die Erwachsenen. Als keiner antwortet, wartet sie einen Augenblick. Dann sagt sie: »Wenn wir die Treppe runtertanzen, könnten sie mitmachen.«

Hans ist entzückt. Einfacher kann er seine Herde nicht wieder zusammenbringen. Es wird allmählich Zeit, an die Rückfahrt zu denken. Ihm hat schon davor gegraut, die vier aus dem Baumhaus zu treiben. Er gönnt ihnen das Lämmerhüpfen. Aber er muss seine Pflicht tun. So schade es ist. Mit Henriettes Vorschlag ließe sich der Spaß noch eine Weile verlängern und trotzdem alles wieder unter Kontrolle bringen. Hoffentlich.

»Genial«, sagt er.

Fatma lacht. »Dann machen wir das?«

»Klar, oder?«, fragt Hans den Doktor, und auch der ist einverstanden.

Fatma zwinkert Hans zu. Mit erhobenen Armen, fingerschnipsend, deutet sie ein paar Bauchtanzschritte an. Er grinst auffordernd. Die Kinder sehen das und reihen sich hinter Fatma ein. Sie stampfen und schnipsen wie sie mit den Fingern. Der Rhythmus ist wieder da. Eins zwei drei vier. Hans und der Doktor klatschen. Sie bilden eine dritte Reihe und ziehen hinter Fatma und den Zwillingen um den Baum.

Die Schafe zögern. Olli fragt sich: Ist das noch unser Tanz? Es war so schön, selbst zu erfinden, was sie machen wollten. Und jetzt? Was haben die Menschen vor? Der Rhythmus ist genauso wie vorher. Anscheinend soll es mit dem Tanzen weitergehen. Das ist erst mal das Wichtigste. Und dass keiner sie ausgeschimpft hat, ist noch ein Grund zum Freuen. Bruno zuckt es schon wieder in den Gliedern, das sieht Olli ihm an. Also los, dann geht der Tanz zum Grünfest jetzt weiter! Gutwillig bauen sich Olli und Bruno, Gabi und Elvira hinter Hans und dem Doktor auf und stampfen mit um den Lindenstamm.

Nach einer Weile schiebt Fatma die Zwillinge auseinander und tanzt durch die Reihe nach hinten. Henriette und Hugo folgen auf ihrer Bahn und danach auch die anderen. Als Hans an Fatma vorbeitanzt, fasst sie ihn an den Schultern und hält ihn auf.

Olli stampft auf der Stelle, weil es nicht weitergeht. Sie sieht, wie Fatma Hans etwas zuflüstert. Und wie Hans grinst. Er zieht Fatma an sich und wirbelt sie einmal im Kreis herum. »Wenn ich dich nicht hätte!«, sagt er.

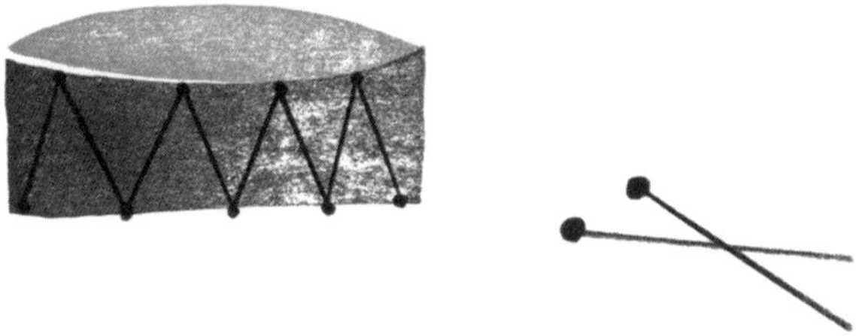

»Dann hättest du ein Problem.« Lachend lässt Fatma Hans los, und er führt die Reihe fort.

Eigentlich will Olli missgünstig sein und irgendeinen Fehler aufspießen, aber sie findet Fatma auf einmal gar nicht mehr so doof. Und zu Hans passt sie auch. Pups noch mal, denkt sie. Bruno ist viel toller. Sowieso. Mit seinen schönen Schnörkelhörnern. Und dem sattbraunen Pelz. Er riecht auch viel besser als Hans. Mit ihm möchte sie noch lange tanzen. Sie sieht sich um. Ihr neuer Freund gefällt ihr sehr.

Hans leitet die Reihe in Schlangenlinien um den Baum. Dann bilden alle einen Kreis. Sie drehen sich zum Stamm und laufen zur Mitte. Da verneigt sich Hans. Er macht sich krumm und klein.

Das finden die Schafe gut. Auch sie senken die Köpfe zum Boden. Olli schlägt mit den Hufen einen Trommelwirbel. Wild und ausdauernd. Dann legt sie den Kopf in den Nacken, reißt das Maul auf und blökt anhaltend im Rhythmus, mit längeren Tönen zwischendurch. Sie singt ein Lied.

Guck an, denkt Hans. Er versteht nur Mäh-Määääh, aber er spürt, dass Olli dem Baum etwas sagt. Als sie fertig ist, wartet er noch einen Augenblick ab, dann bricht er den Kreis auf. Mit dem Doktor zusammen tanzt er zur Treppe. Sie schmeißen noch einmal die Beine und springen auf die Stufen. Dort schwenken sie einladend die Arme.

Der Versuch glückt. Treu wie sie sind, kommen die vier Schafe hinterher. Oben sorgen Fatma und die Zwillinge dafür, dass sie nicht doch plötzlich wieder umkehren.

Auf der Treppe streckt der Doktor eine Hand über Olli hinweg und streicht Bruno über den Kopf. Als Bruno aufblickt, kneift er ein Auge zu und zwinkert. Cool zwinkert der Schafbock zurück, aber im Stillen denkt er: Puuuuh. Er atmet auf. Seit sein Besitzer mit im Baum ist, plagt ihn die Angst vor der Strafe, die kommen muss. Und nun sieht es plötzlich aus, als wäre alles gut.

Seine Mitschafe freuen sich mit ihm. Unbeschwert und mehr oder weniger elegant tanzen sie die Treppe hinunter. Hans hält ihnen die Pforte auf. Sie bekommen festen Boden unter die Hufe. Und plötzlich sind sie von den Untengebliebenen umdrängt. Die drei Grazien sind wieder Teil ihrer Herde. Sie stampfen noch, sie wiegen die Hüften und werfen die Köpfe, aber das Schönste am Tanzen ist vorbei. Das war oben in ihrer eigenen Welt.

Für die übrigen Schafe hingegen geht es jetzt erst richtig los. Wenn Hans gemeint hat, sie müssten zum Mitmachen animiert werden, hat er sich getäuscht. Sie sind kein bisschen träge. Sobald sie erkennen, worin der Spaß besteht, der ihnen entgangen ist, weil sie nicht auf den Baum konnten, steigen sie mit ein. Alle stampfen. Die Herde wogt.

Wahnsinn, denkt Fatma. Die sind ja wirklich wundervoll. So habe ich Wolle noch nie gesehen.

Geschickt ordnet Hans die Herde zu einer langen Reihe, in der sie zu zweit und zu dritt nebeneinander marschieren. Er winkt Fatma, die Zwillinge und den Doktor nach vorne. Der Doktor soll den Anführer machen. »Los geht's«, sagt er. »Meine Damen und Herren, liebe Schafe: der Tanz zum Laster.«

In weiten Bögen windet sich der Zug über die Wiese. Der Doktor denkt gar nicht dran, das Vergnügen abzukürzen. Schon seiner Kinder wegen. Sie sind genauso Feuer und Flamme wie ihr vierbeiniges Gefolge.

Er hat die reinste Zirkustruppe hinter sich. Alle geben ihr Bestes. Sie stampfen, werfen die Arme und Beine, rufen und blöken im Takt.

Hoch beglückt, dass ihr Fest doch noch so herrlich weitergeht, fühlt sich Olli neben Bruno an der Spitze der Herde wie eine Prinzessin. Eine Tanzprinzessin. Ein Band aus rosa Wolken in den Locken hat sie nicht, aber sie hält sich, als trüge sie ein zartes Krönchen, das ihr um keinen Preis von der stolzen Stirn rutschen darf.

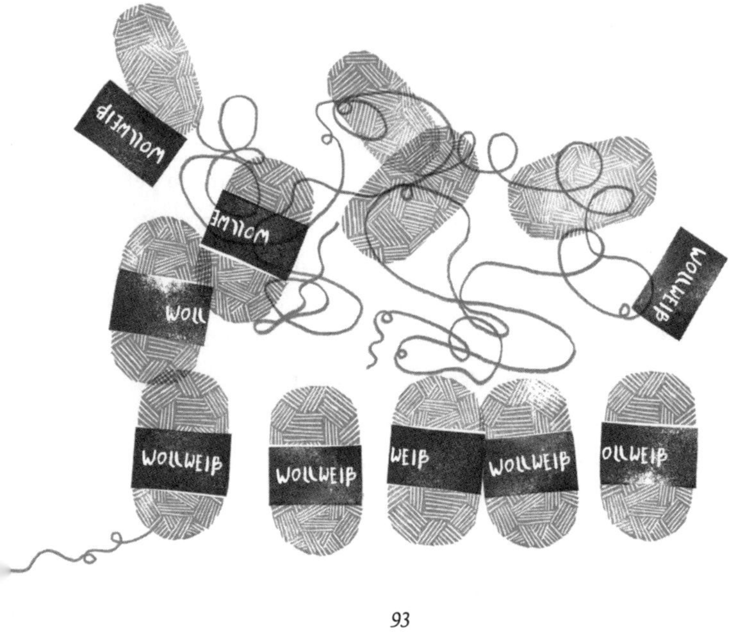

Aus Entzücken über seine Freundin und weil er weiß, dass der Abschied naht, läuft Bruno zu Hochform auf. Er schafft es, sich tänzelnd wie ein Kreisel immer wieder um die eigene Achse zu drehen, ohne seinen Platz im Zug zu verlieren. Und wenn er anschließend wieder neben Olli einherstampft, reckt er triumphierend die Hörner, wie um zu sagen: Das kann nur ich!

Für die Schafe hinter ihm ist das eine Herausforderung. Wie Gabi und Elvira wollen auch sie richtig tanzen, nicht bloß zum Bummbumm marschieren. Sie müssen einfach dann und wann in die Luft hüpfen. Sie müssen ab und zu seitwärts ausscheren oder sich umdrehen und ein paar Schritte rückwärts stampfen. Der Schlange wachsen hier und da Wülste, sie dehnt sich und zieht sich zusammen, aber im Ganzen geht es gut. Bis einige nicht mehr widerstehen können und probieren, genauso zu kreiseln wie Bruno.

Bruno hat schon im Baum geübt. Und weil er Olli gefallen will, ist er mit voller Konzentration bei der Sache. Jeder seiner Kreisel ist ein kleines Meisterwerk. Aber die anderen Schafe versuchen es zum ersten Mal, und das gleich, während der Zug in Bewegung ist. Wie soll das gelingen? Die Ersten brauchen viel zu viel Zeit. Hinter ihnen stockt es, und alle müssen anhalten.

»He, was soll das?«, blöken einige aufgebracht.

Als die Ordnung wiederhergestellt ist, ziehen sie weiter und holen rasch die anderen ein. Doch da versuchen es die Mutigen erneut, diesmal viel schneller.

Und es kommt, wie es kommen muss. Einige stürzen sofort, und die nächsten stolpern über sie. Einigen wird duselig, und sie taumeln aus der Reihe.

Auf der Wiese herrscht Chaos. Alle Schafe blöken durcheinander. Einige liegen, einige stehen, nur die wenigsten stampfen noch vor sich hin.

Olli und ihre drei Freunde glotzen empört. Verdammt. Wie kann man bloß alles so kaputtmachen?

Heimfahrt

Hans reagiert schnell.

»Helft mir, damit sie nicht in alle Richtungen wegrennen!«, ruft er den anderen zu. Er will nicht sagen, dass er dieses Ende vorausgesehen hat, aber es kommt ihm eigentlich ganz recht. Es wird wirklich höchste Zeit, seine Herde nach Hause zu schaffen.

In ihrer Verwirrung erkennen die Schafe erst, dass der Spaß vorbei ist, als sie von den fünf Menschen unnachgiebig in Richtung Laster getrieben werden. Sie sind ja selbst schuld. Kleinlaut marschieren sie zur Rampe. Dort stellen sie sich hintereinander zu einer ordentlichen Schlange auf, wie um zu zeigen: Wir können auch anders.

Freundlich, aber bestimmt lenkt Hans sie auf die Ladefläche. Am Ende fehlen nur noch die drei Grazien. Sie trödeln hinterher und mögen sich nicht trennen.

Auf dem Weg zum Laster hat der Doktor Bruno ein Seil um den Hals gelegt. Er darf noch mitlaufen, aber nur bis an die Rampe, das ist ihnen klar. Bruno schämt sich mit seinem Seil um den Hals. Er wäre lieber ein Held, aber das ist jetzt nicht mehr zu ändern. Als er spürt, dass Hans sie beobachtet, entschließt er sich, es kurz zu machen.

Möglichst lässig pufft er Gabi und Elvira an. »Euer Hirte wartet. Ich glaube, wir benehmen uns lieber. Tschüs.«

»Tschüs, du.« Elvira grinst ihn freundlich an.

»Ja, also tschüs. War schön«, sagt Gabi.

Die beiden dackeln davon und stecken die Köpfe zusammen. Oben auf dem Laster drehen sie sich neugierig zu Olli und Bruno um. Und die anderen Schafe, aufmerksam geworden, machen es genauso.

Olli fließt das Herz über. Sie würde Bruno gerne etwas sagen. Aber was? Sie sieht ihn mit großen feuchten Augen an.

Bruno erträgt es nicht, von der ganzen Herde beobachtet zu werden. »Die gucken alle«, sagt er. »Tschüs, kleine Olli. Du bist –«

»Du auch«, sagt Olli rasch. Sie will nicht, dass die anderen sie hören. »Ich geh jetzt mal.«

Als sie schon fast bei Hans ist, sieht sie sich noch einmal um. Ihr ist eingefallen, was sie sagen kann: »Wir sehen uns.« Das ist schön unverfänglich. Doch als sie es ausspricht, merkt sie, dass sie es mehr für die Ohren ihrer Herde sagt als zu Bruno. Das tut ihr leid. Sie bleibt stehen. »Hoffentlich«, sagt sie mutig und läuft die Rampe hinauf.

Hans nimmt die Rampe ab und schließt die Ladeklappe.

»Ich komm mit«, sagt Fatma. »Das geht mir alles zu schnell. Ich muss euch noch mit bringen.«

»Dann steig ein«, sagt Hans.

Der Doktor drückt den Zwillingen Brunos Seil in die Hand. »Haltet ihn gut fest, ich gehe mal eben den Wagen holen«, sagt er.

»Was?«, fragen die Kinder. »Fahren wir etwa auch mit? Und was machen wir mit Bruno?«

»Den laden wir hinten in den Kombi«, antwortet der Vater nüchtern und läuft los.

»Mensch, Bruno, guck nicht so bedripst.« Hugo und Henriette hocken sich vor Bruno hin. »Wir dürfen mit! Verstehst du? Wir fahren in die Dünen.«

So kommt nun auch Bruno zu der Erfahrung, wie es ist, im Auto durchgeschaukelt zu werden. Er hat sich widerstandslos in den Kombi bugsieren lassen. Erst danach ist der Laster mit der Herde gestartet. Hans und die Herde fahren voraus, und der Doktor fährt hinterher.

Wenn Bruno zwischen den Zwillingen hindurch vorne aus dem Fenster guckt, kann er Olli auf der Ladefläche sehen. Sie hat die Augen zu, aber bis zur Abfahrt hat sie genau verfolgt, was mit ihm war. Und als der Laster wackelte, weil er gleich losfahren wollte, hat sie sogar vorsichtig gewinkt. Um dann ganz schnell wieder auf alle viere zu gehen. Das ist auch besser so, denkt Bruno. Dieses Fahren ist ja furchtbar. Ich glaube, ich leg mich hin. Mir wird komisch im Bauch, und mein Kopf schwimmt. Wozu machen wir das?

Das ist eine Frage, die Henriette und Hugo nicht interessiert. Ihnen wird vom Autofahren nicht schlecht. Sie freuen sich einfach, dass der Tag noch weitergeht.

Wie leicht hätte mit der verunglückten Polonaise alles zu Ende sein können.

Der Doktor sagt über die Schulter: »Was meint ihr? Sollen wir Bruno in den Ferien zu Hans geben? Er scheint sich doch mit diesen Schafen wohlzufühlen. Ich werde gleich mal mit Hans reden.«

»Au ja«, sagt Hugo. »Können wir dann auch mal dableiben?«

Mit diesen Schafen ist gut, denkt Henriette. Doch wohl besonders mit einem. »Wie unterscheidet Hans eigentlich seine Schafe?«, fragt sie. »Haben die alle Namen oder bloß Nummern?«

»Das könnt ihr ihn selber fragen«, antwortet der Vater. »Wir sind da.«

»Diese Schafe im Baum«, sagt Fatma unterwegs. »Die haben richtig gefeiert.«

»Das ist ja auch ein Fest für sie, wenn wir zum Kirchberg fahren. Ich erzähle ihnen immer vom Grünfest. Vorher, damit sie auf dem Laster nicht die Panik kriegen. Aber von Tanzen war nie die Rede. Ich habe immer geglaubt, sie haben nur Fressen im Sinn.«

»Kannst mal sehen.«

»Warum wolltest du eigentlich mit? Ich hab mit den Schafen gleich alle Hände voll zu tun.«

»Macht nichts. Dann fahr ich wieder. Irgendwann kann ruhig Schluss sein, aber eben, das war zu plötzlich.«

Hans grinst. »Das fand der Doktor anscheinend auch. Ich frage mich, ob er sein Herz für Bruno und Olli entdeckt hat.«

»Olli? Heißt so das Schaf, das mit Bruno getanzt hat?«

»Genau.«

Fatma lacht. »Und wie heißen die beiden anderen?«

»Gabi und Elvira.«

»Hey, alles Mädchen. Und die Namen sind von dir?«

»Klar, jedes Schaf bekommt einen Namen. Und Olli, Gabi und Elvira, das sind meine drei Grazien.«

Sie halten am Tor zum Weideland in den Dünen. Fatma schiebt das Gatter auf, während Hans die Ladeklappe öffnet und die Rampe anlegt. Der Doktor lässt

Bruno aus dem Kombi klettern und führt ihn am Seil. Hugo und Henriette laufen vor.

Die Herde zockelt die Rampe hinunter und durch das Gatter und dahinter gleich weiter. Die Gewohnheit hat sie wieder. Es ist Abend. Sie sind durchgeschüttelt. Gut, dass sie zu Hause sind. Kaum ein Schaf sieht sich noch um. Elvira fühlt sich genauso zu den Schlafmulden gezogen wie die anderen. Würde Gabi sie nicht aufhalten, sie wäre schon weg. Aber Gabi will sehen, was Olli macht. Denn Olli kommt nicht mit, sondern bleibt am Zaun und lässt sich von Fatma kraulen.

Sieh mal an, denkt Gabi. Sie wollte doch gar nichts von der Frau wissen. Und jetzt?

Jetzt stehen Hans, Fatma und Olli zusammen auf der einen Seite, und Bruno steht mit dem Doktor und den Kindern auf der anderen Seite des Zauns. Die Menschen reden. Bruno und Olli fühlen sich verloren. Sie wollen nicht weg, aber sie können auch nichts machen. Doof ist das.

Fatma nickt den Zwillingen zu. »Nehmt mal Bruno. Wir gehen ein Stück.«

Hugo und Henriette nehmen dem Vater das Seil ab. Fatma krault Olli fester und sagt: »Los, Olli, komm.«

Olli geht gerne mit. So was, dass Fatma meinen Namen weiß, denkt sie geschmeichelt.

Bruno und sie traben nebeneinander her, mit dem Zaun dazwischen. Die Kinder und Fatma unterhalten sich und scheinen nicht auf sie zu achten. Trotzdem wissen sie nichts zu sagen. Sie begnügen sich damit, im gleichen Takt zu gehen.

Als Hans ruft, dass sie wiederkommen sollen, kehren sie um. Schüchtern deutet Olli einen Hüftschwung an. Bruno grinst. Mehr mag er mit dem Seil um den Hals nicht tun.

Sie müssen Abschied nehmen. Hans und der Doktor hauen sich auf die Schulter. Fatma klettert auf das Tor und umarmt Hans. Er drückt sie an sich. Dann springt sie auf der anderen Seite hinunter und hockt sich zu den beiden Schafen.

»Los«, sagt sie. »Ihr müsst tschüs sagen.«

Aber Bruno und Olli gucken bloß.

Schließlich gibt Hans Olli einen Klaps auf den Hintern. »Auf geht's«, sagt er und winkt über den Zaun. »Bis morgen.«

»Bis morgen«, sagt der Doktor.

»Tschüs, Olli. Tschüs, Hans«, rufen die Zwillinge und ziehen Bruno zum Auto. Alle steigen ein.

»So«, sagt Hans zu Olli. »Das war's. Jetzt reicht's auch, oder? Bist du mit deinem Grünfest zufrieden?«

An der Straße fährt das Auto ab. Er bleibt noch einmal stehen und winkt.

Das kann ich auch, denkt Olli.

Sie wartet, bis Hans fertig ist. Dann ziehen sie zusammen in die Dünen.

Es ist Nacht

Olli liegt in einer Mulde. Um sie herum säuselt der Wind durch die Dünen, er legt das lange Gras in Wellen und raschelt in den Runzelrosen. Ganz in ihrer Nähe liegen Elvira und Gabi. Sie atmen ruhig ein und aus, ein und aus, mit einem leisen Schnaufen bei aus. Wenn sie in ihren Träumen ein besonders saftiges Kraut finden, schmatzen sie ein bisschen im Schlaf. Und heute Nacht finden sie nicht bloß Kräuter, sondern auch Lindenblätter und einen riesigen Mangoldbusch. Da können sie in einem fort schmatzen.

Alles ist finster, alles ist friedlich. Nur Olli kommt nicht zur Ruhe. Ihr Kopf ist noch voll von dem Grünfest. Vom Tanzen sowieso, aber auch sonst von dem Tag und von ihrem neuen Freund. Von Bruno. Und Fatma. Die mag sie auch. Und diese Kinder. Die haben schön getanzt. Aber ihre eigenen Luftsprünge waren auch eins a. Überhaupt ist sie klasse. Was sie sich alles getraut hat heute!

Plötzlich fällt ihr der gelbe Schmetterling ein. Der wird sich bestimmt ärgern, wenn er sie morgen schon wieder sieht. Sie dürfen nämlich morgen noch mal auf die Wiese im Dorf. Das hat Hans ihr verraten. Weil sie heute nicht fertiggemäht haben.

Aber morgen ist nur Fressen dran. Alles andere wird verboten. So was wie heute gibt es nur einmal, hat Hans gesagt.

Stimmt, denkt Olli. Das war ein richtig großes, tolles Fest. Da muss ich bestimmt lange warten, bis es ein nächstes Mal gibt. Macht nichts. Morgen werde ich einfach bei Bruno grasen, vor seinem Zaun. Das ist nicht verboten und trotzdem schön. Kann ja sein, wir drehen uns einfach ab und zu im Kreis. Eins zwei drei vier, kreis kreis kreis kreis, eins zwei drei vier –

Beim Zählen fallen ihr die Augen zu.

Olli schläft.

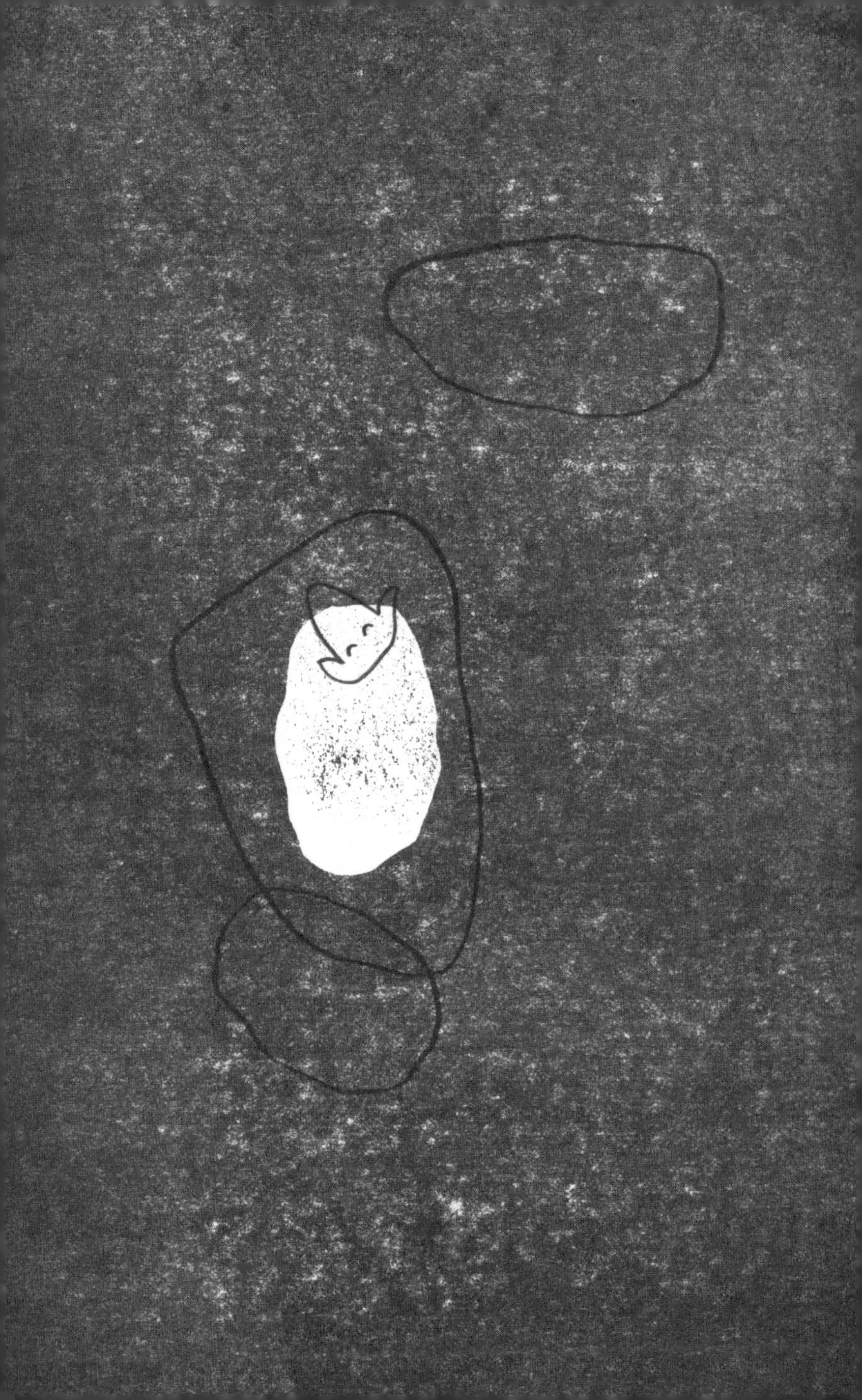

© Ebba D. Drolshagen

Karen Nölle

gestaltet seit zehn Jahren zusammen mit Silke Weniger und Kirsten Gleinig das Programm der edition fünf. Im Hauptberuf ist sie Literaturübersetzerin und freie Lektorin. Geschrieben hat sie bisher Reisebücher, Literaturwissenschaftliches sowie unzählige Nach- und Vorworte. *Ollis Fest* ist ein Produkt ihrer manchmal außerordentlich guten Laune.

© Lena Hanzel

Kathleen Bernsdorf

ist freie Buchgestalterin, Grafikerin und Illustratorin. Sie arbeitet für Verlage und vorwiegend für Auftraggeber aus dem literarischen und kulturellen Bereich. Neben der Arbeit am Computer kurbelt sie gern an der eigenen kleinen Druckerpresse; sie mag den Geruch von Papier und Farbe und lässt damit Illustrationen und Schafe lebendig werden.